체실 비치에서

ON CHESIL BEACH
by Ian McEwan

이 도서의 국립중앙도서관 출판예정도서목록(CIP)은
서지정보유통지원시스템 홈페이지(http://seoji.nl.go.kr)와
국가자료공동목록시스템(http://www.nl.go.kr/kolisnet)에서 이용하실 수 있습니다.
(CIP제어번호: CIP2008000672)

체실 비치에서

On Chesil Beach

이언 매큐언 장편소설 | 우달임 옮김

문학동네

| 차례 |

아날레나에게

일러두기

1. 본문 중의 주석은 모두 옮긴이주입니다.
2. 고딕체는 원서에서 이탤릭체로 강조한 부분입니다.

1장

그들은 젊고 잘 교육받은 사람들이었다. 그리고 둘 다 첫날밤인 지금까지 순결을 지키고 있었다. 물론 요즘에도 쉬운 일은 아니지만, 그 시절은 성문제를 화제에 올리는 것조차 불가능하던 때였다. 그들은 이제 막 저녁식사를 하기 위해 조지 왕조풍 호텔 이층 룸의 아담한 거실에 앉았다. 열린 문으로 들여다보이는 옆방에는 약간 좁다 싶은 사주四柱 침대가 놓여 있었고, 사람 손을 타지 않은 것처럼 보이는 새하얀 침대 커버가 놀랍도록 매끄럽게 펼쳐져 있었다. 에드워드는 말은 하지 않았지만 호텔에 묵어본 적이 한 번도 없었다. 반면 플로렌스는 어릴 때부터 아버지와 자주 여행했던 터라 호텔에 익숙했다. 그들은 기분이 좋아 보였다. 옥스퍼드의 세인트메리 교회에서 치른 결혼식은 품격 있는 혼인예배와 유쾌한 피로연, 어릴 적 친구들과 대학 동창들의 떠들썩하고 흥겨운 배웅에 이르기까지 더할 나위 없이 순조로웠다. 그들의 걱정과는 달리 플로렌스의 부모는 사돈에게 거들먹거리지 않았고, 에드워드의 어머니가 큰 결례를 범하거나 행사의 목적까지 깡그리 잊어버리는 일도 없었다. 이들 커플은 플로렌스 어머니의 작은 차를 몰고 도싯 해안가에 있는 호텔에 도착했다. 이른 저녁 날씨는 칠월 중순이라는 시기를 감안하면 완벽하지는 않아도 그런대로 괜찮았다. 비가 내리지는 않았으니까. 하지만 플로렌스는 바라던 대로 테라스에 나가서 식사할 만큼 따뜻하지는 않다고 했다. 에드워드는 그렇게 생각하진 않았지만, 지나치리만큼 예의바른 그는 오늘 같은 날 굳이 그녀의 말에 반박하려 들지 않았다.

그들은 호텔 룸의 프렌치 윈도 앞에서 식사를 했다. 발코니로 통하는 창은 한쪽이 열려 있었는데 영불해협 일부와 헤아릴 수 없이 많은 조약돌이 깔린 체실 비치가 내다보였다. 턱시도를 차려입은 어린 웨이터 둘이 바깥 복도에 음식을 실은 트롤리를 세워놓고 시중을 들었다. 그들이 허니문 룸으로 알려진 객실을 들락날락할 때마다 왁스칠한 떡갈나무 널조각이 우스꽝스레 삐걱대며 정적을 깼다. 자존심 강하고 자기방어적인 젊은 남자는 혹 그들의 동작과 표정에 비웃는 낌새는 없는지 빈틈없이 관찰했다. 그는 어떤 비웃음도 견디지 못했다. 하지만 호텔 인근 마을 출신인 소년들은 허리를 굽히고 묵묵히 자기 할 일만 했는데 그 태도가 어찌나 조심스러운지 풀 먹인 리넨 식탁보에 음식을 내려놓을 때엔 손까지 떨었다. 그들 역시 긴장하고 있었던 것이다.

이 시기가 영국 요리 역사상 가장 좋은 시절이라고는 할 수 없지만, 해외에서 온 관광객들을 빼고는 요리에 크게 신경 쓰는 사람은 없었다. 그 시절의 정식定食은 대개 시럽을 끼얹은 체리로 장식한 멜론 한 조각으로 시작됐다. 저 복도 바깥, 촛불로 데우는 기구에 얹어둔 은접시들 속에는 걸쭉해진 그레이비소스에 잠긴, 구운 지 꽤 오래된 쇠고기 몇 점, 데친 야채, 푸르딩딩한 감자 따위가 대기하고 있었다. 와인은 프랑스산이었지만, 쏜살같이 날아가는 제비를 그려넣어 멋을 부린 라벨에는 딱히 어느 지역에서 생산되었는지 표기되어 있지 않았다. 에드워드의 머릿속에 레드 와인을 주문하겠다는 생각 같은 건 스치지 않았을 것이다.

그와 플로렌스는 웨이터들이 어서 자리를 떠주길 간절히 바라며 몸을 돌려 바깥 경치를 바라보았다. 이끼 낀 널찍한 잔디밭 뒤로 꽃이 만개한 관목과 나무들이 뒤엉킨 채 가파른 제방에 매달려 있었고, 제방 내리막 끝에는 샛길 하나가 해변으로 나 있었다. 경사가 급한 진흙투성이 계단으로 이어진 산책로 초입도 보였는데, 길가를 따라 거대한 대황大黃이나 양배추처럼 생긴, 이

미터는 족히 넘을 키 큰 잡초들이 잎맥 굵은 진초록 이파리의 무게를 못 이겨 허리를 굽히고 있었다. 정원의 식물들도 껑충하니 키가 크고 무성해서 육감적인 열대식물 같은 느낌을 주었는데, 어슴푸레하고 은은한 빛과 바다에서 흘러들어오는 옅은 안개 때문에 그런 인상은 더 강해졌다. 끊임없이 밀려들었다가 물러나는 파도는 부드러운 천둥소리를 내는가 싶다가 난데없이 조약돌에 부딪히며 쏴쏴거렸다. 그들은 저녁식사 후에 편한 신발로 갈아신고 바다와 플리트 석호 사이의 자갈밭을 거닐 계획이었다. 와인을 다 비우지 못하면 부랑자들처럼 병째 들고 나가 홀짝이기도 하면서 말이다.

그들에게는 너무도 많은 계획이 있었다. 아득한 먼 미래의 아찔한 계획들이 그들 앞에 산더미처럼 쌓여 있었다. 도싯 해안의 여름 식물들처럼 무성하게 뒤엉키고 아름다운 계획들이. 어디서 어떻게 살지, 어떤 사람들과 가깝게 지낼지, 그녀의 아버지 회사에서 그가 하게 될 일은 무엇이며, 음악가로서 그녀의 삶은 어떨지, 그녀의 아버지가 물려준 돈으로 무엇을 할지, 적어도 내면적으로는 다른 이들과 어떻게 다르게 살아갈지 등등. 이후 저 유명한 십 년이 도래해 막을 내릴 시대였지만, 이때만 해도 나이가 어리다는 것은 일종의 사회적 제약이자 미미한 존재감의 표상이었고, 결혼을 해야만 비로소 그 치료가 시작되는 은근히 당황스러운 질병과 같았다. 새로운 인생의 정점에 경이롭게 나란히 선 그들은 서로 거의 이방인이나 다를 바 없었지만, 이제 막 획득한 지위 덕분에 끝없는 청년기로부터 해방되어 어딘가 더 높은 곳으로 오르리라는 기대에 함께 들떠 있었다. 에드워드와 플로렌스, 그들은 마침내 해방된 것이다! 그들이 즐겨 나누는 화제 중 하나는 어린 시절이었는데, 즐거웠던 일보다는 그들이 갓 헤어난 우스꽝스러운 착각들, 이제는 용서할 수 있는 부모님의 갖가지 실수나 구식 양육법 따위에 관한 이야기들이 더 많았다.

이 새로운 고지에서 그들은 모든 것을 분명하게 볼 수 있었지만, 그와 상반되는 다른 느낌들을 서로에게 설명할 수가 없었다. 그들은 저녁식사가 끝나면 각자에게 곧 닥치게 될, 새로운 성숙함이 시험대에 오르게 되는 순간, 사주 침대에 함께 누워 상대방에게 자신을 온전히 드러낼 그 순간을 걱정했다. 지난 일 년 내내 에드워드는 칠월의 이날 밤에 비록 짧은 시간일지라도, 자신의 가장 민감한 부분이 이 쾌활하고 예쁘고 무서울 정도로 영리한 여자의 몸에 자연스럽게 만들어진 구멍 속에 머물게 되리라는 기대 때문에 거의 최면상태에 빠져 지내다시피 했다. 그가 걱정하는 건 그 행위를 어떻게 하면 민망하지 않게, 그리고 성공적으로 해낼 것인가 하는 점이었다. 운이 따라주지 않았던 과거의 어느 경험에 비추어볼 때, 특히 걱정되는 부분은 전에 누군가가

"너무 빨리 도달했다"고 표현한 대로 과도하게 흥분하는 것이었다. 이런 걱정이 그의 머릿속에서 거의 한시도 떠나지 않았다. 그래도 실패에 대한 두려움보다는 황홀감을 맛보려는, 어서 결론을 내버리려는 열망이 훨씬 더 컸다.

플로렌스의 불안은 좀더 심각했다. 옥스퍼드에서 오는 길에 몇 번이나 이제는 용기를 내어 속마음을 털어놓을 때라고 생각하기도 했다. 하지만 그녀의 걱정은 말로 설명할 수 없는 것이었고 그녀 자신도 어떻게 표현해야 할지 몰랐다. 그의 걱정이 첫날밤이면 누구나 겪는 단순한 신경과민이었던 반면, 그녀는 온몸으로 본능적인 두려움과 뱃멀미처럼 실감나는 불가항력적인 혐오를 느꼈다. 결혼 준비를 하며 즐겁게 보낸 지난 몇 달 동안은 줄곧 자신의 행복에 묻은 이 얼룩을 애써 무시해버릴 수 있었지만, 친밀한 포옹—다른 용어는 절대 쓰지 않았다—으로 생각이 쏠릴 때면 아랫배가 팽팽히 조이고 목구멍 깊숙이 욕지기가 올라왔다. 젊은 신부들에게 막연하게나마 도움이 되리라 여겨지던, 쾌활한 어조에 느낌표와 번호 매긴 삽화로 가득한 현대적이고 진보적인 안내서에서 점막이니 음험하게 번쩍거리는 귀두니 하는 문구나 단어를 발견했을 때 그녀는 말 그대로 구역질을 할 뻔했다. 어떤 문구들은 그녀의 지성을 모욕했는데, 특히나 성교와 관련된 것들이었다. 그가 그녀 안에 들어가고 오래되지 않아……

라든가 이제 마침내 그가 그녀 안으로 들어간다, 혹은 행복하게도 그녀 안에 들어가고 곧바로…… 등등. 그날 밤 그녀는 에드워드가 통과할 수 있도록 무슨 입구나 응접실로 변신해야 하는 것일까? 그녀에겐 칼로 살을 째는 고통을 암시할 뿐인 삽입이라는 단어도 쉴 새 없이 등장했다.

낙관적인 기분이 들 때면 그녀는 애써 메스꺼움이 좀 심한 것일 뿐, 곧 마음이 가라앉으리라는 확신을 가지려 했다. 에드워드의 충혈된—이 또한 무시무시한 단어였다—성기 아래 덜렁거리는 고환을 떠올리기만 해도 그녀는 윗입술이 뒤틀렸고, 비록 사랑하는 사람일지라도 다른 누군가가 자신의 "저 아래"를 건드린다는 것은 눈에 칼을 대는 수술만큼이나 불쾌했다. 하지만 그녀의 메스꺼움은 아기에게까지는 미치지 않았다. 그녀는 아이들을 좋아했다. 너러 사촌의 어린 사내아이들을 봐준 적도 있었는데 무척 즐거운 경험이었다. 그녀는 기꺼이 에드워드의 아기를 임신하리라 생각했고, 적어도 추상적으로는 아기 낳는 일을 전혀 두려워하지 않았다. 예수의 어머니처럼 마법에 의해 만삭에 이를 수만 있다면 말이다.

플로렌스는 자신에게 뭔가 심각한 문제가 있는 게 아닌지, 남들과 사뭇 다른 자신의 실체가 이제 만천하에 드러나게 되는 건 아닌지 걱정스러웠다. 또 자신의 문제가 생리적인 메스꺼움보다 더 크고 더 깊은 것이라고 생각했다. 이제 곧 남자와 살을 섞게 될 것이라는 사실에 그녀의 온 존재가 저항하고 있었다. 그녀의 평온함과 본질적인 행복이 곧 파괴될 참이었다. 그녀는 남자의 성기가 자기 몸 안으로 "들어오거나" "삽입되는" 게 무조건 싫었다. 에드워드와의 섹스는 그녀에게 기쁨을 더하는 요소가 될 수 없었다. 기쁨을 위해 치러야 하는 대가일 뿐이었다.

그녀는 오래전에 분명히 해뒀어야 한다는 것을 알고 있었다. 그에게 청혼을 받자마자, 그리고 차분한 음성의 진솔한 목사님을 방문하고 상대 부모를 만나 저녁식사를 하기 훨씬 전에, 결혼식 하객을 초대하고 선물 목록을 만들어 백화점에 제출하고 대형 천막을 빌리고 사진사를 고용하고 또 그밖의 이제는 되돌릴 수 없는 다른 모든 채비들을 하기 전에. 그러나 그녀가 무슨 말을 할 수 있었을까? 그녀 자신에게조차 문제가 무엇인지 말할 수 없는데 과연 그에게 그 어떤 적절한 표현을 써가며 털어놓는단 말인가. 또한 그녀는 에드워드를 사랑했다. 책에서 읽었던 뜨겁고 축축한 열정이 아니라 때로는 딸 같고 때로는 거의 어머니와도 같은 따뜻하고 깊은 사랑이었다. 그녀는 그를 껴안고 그의 거대한 팔을 자신의 양 어깨에 두른 채 키스 받는 것을 좋아했다. 하지만 그의 혀가 입으로 들어오는 것은 싫었고 그래서 무언의 말로 그 부분은 확실히 해두었다. 그녀가 보기에 그는 독특했다.

지금껏 그녀가 만났던 누구와도 달랐다. 그는 줄을 서거나 대기실에 앉아 기다리는 시간을 대비해 재킷 주머니 속에 늘 문고판 책, 주로 역사책을 넣고 다녔고 몽당연필로 읽은 부분을 표시해 두는 사람이었다. 그는 사실상 플로렌스가 만난, 담배를 피우지 않는 거의 유일한 남자였다. 그가 가진 양말은 전부 짝짝이였다. 넥타이도 늘 언제나 흰 와이셔츠에 받쳐 매는 짙은 파랑색의 폭 좁은 니트 넥타이뿐이었다. 그녀는 그의 왕성한 호기심, 은근한 시골 말씨, 엄청나게 센 손힘, 이야기 도중에 삼천포로 빠지는 엉뚱한 말들, 그녀를 대하는 상냥한 태도가 무척이나 좋았고, 그녀가 말할 때마다 지그시 바라보는 그의 갈색 눈은 그녀에게 사랑이라는 다정한 구름에 폭 싸이는 느낌을 주었다. 스물두 살이라는 나이에 그녀는 자신이 여생을 에드워드 메이휴와 함께 보내고 싶어한다는 걸 조금도 의심치 않았다. 그런데 어떻게 그를 잃을지도 모르는 위험을 무릅쓸 수 있겠는가.

그녀에겐 이야기할 상대도 전혀 없었다. 여동생 루스는 너무 어렸고, 어머니는 나름 아주 훌륭한 분이었지만 너무나 지적이고 불안정한 구식 블루스타킹*이었다. 어머니는 사적인 고민을

* 19세기 말, 20세기 초에 문학에 정통한 여성이나 학식 있는 여성을 냉소적으로 일컫는 말.

얘기할 때조차 강당에서나 어울리는 공식적인 태도를 취했고, 말은 점점 더 장황해지는데다 만인의 필독서라 여기는 책들을 들먹이는 경향이 있었다. 비록 드문 일이었지만 이런 식으로 문제가 무사히 매듭지어지면 이따금 긴장을 풀고 다정해지기도 했지만 그럴 때조차도 상대방은 도대체 자신이 지금 무슨 충고를 들었는지 전혀 깨닫지 못했다. 플로렌스에게는 정말 괜찮은 어릴 적 학교 친구들과 음악대학 친구들이 몇 있었는데, 이 친구들은 어머니와는 정반대였다. 그들은 사적인 대화를 무척 좋아했고 서로의 고민에 탐닉했다. 그들은 서로 시시콜콜 다 아는 사이였고, 전화나 편지 쓰는 일에 목숨을 걸었다. 그녀는 그들을 믿고 비밀을 털어놓을 수도 없었지만 그렇다고 그들을 탓하지도 않았다. 자신도 그 무리의 일원이었던 것이다. 그녀는 자신조차 믿지 않았다. 그녀는 어디서부터 바로잡아야 할지 모르는 문제를 홀로 감당하고 있었고 그녀를 지혜의 길로 인도할 길잡이는 수중의 문고판 안내서가 다였다. 싼 티 나게 번쩍거리는 빨간 표지엔 서로 손을 붙잡고 웃고 있는 퉁방울눈을 한 성냥개비 같은 형상 두 개가 마치 아무것도 모르는 어린애의 그림인 양 흰색 분필로 서투르게 그려져 있었다.

*

그들은 채 이 분도 안 돼서 멜론을 먹어치웠다. 그동안 소년들은 복도에 나가서 기다리지 않고 문가 쪽에 물러선 채 나비넥타이와 목에 꼭 끼는 깃, 소맷부리 따위를 만지작거렸다. 에드워드가 플로렌스에게 보란 듯이 요란스럽게 시럽을 묻힌 버찌를 내미는 모습을 보면서도 소년들의 멍한 표정은 변하지 않았다. 이렇게 그와 시시덕거리면 사태가 더 악화되리라는 것을 알면서도, 그녀 역시 장난스럽게 그의 손가락에서 버찌를 받아 입속에 넣고는 느긋하게 씹으면서 그를 빤히 바라보았고 심지어 혀까지 내보였다. 계속할 수 없는 일은 애초에 시작도 말아야 했지만 어떤 식으로든 그를 기쁘게 해줄 수 있다는 사실은 적잖이 위안이 되었다. 적어도 자신이 완전히 쓸모없는 사람이라는 기분은 피할 수 있었으니까. 끈적끈적한 버찌를 먹는 것만으로 충분하다면 말이다.

에드워드는 소년들이 떠나길 간절히 바랐지만 겉으로는 웨이터들의 존재 따윈 신경도 안 쓰는 척 능청을 떨기 위해 씩 웃으면서 와인 잔을 든 채 뒤로 물러앉으며 등 뒤를 향해 외쳤다.

"이거 더 없나?"

"이제 없습니다, 손님. 죄송합니다, 손님."

하지만 갑작스러운 행복감과 격앙된 감정을 애써 자제하느라 와인 잔을 쥔 그의 손은 떨리고 있었다. 지금 그녀가 그 앞에서 눈부시게 빛나고 있다. 그녀는 사랑스러운 사람이었다. 믿을 수 없을 만큼 아름답고 육감적이고 재능 있고 마음씨 고운 사람.

대답한 소년이 빈 그릇을 치우려고 잽싸게 튀어나왔다. 소년의 동료는 바깥 복도에서 두번째 코스인 로스트비프를 접시에 옮겨담았다. 객실과 복도의 높이가 두 뼘 정도 차이가 났기 때문에 정식 실버서비스*를 위해 트롤리를 허니문 룸으로 들여오는 건 불가능했다. 18세기 중반 엘리자베스 시대 양식의 농가를 "조지 왕조풍으로 개축"하면서 어설프게 설계한 결과였다.

밖에서 숟가락으로 요리를 긁어 담는 소리며 열린 문으로 소년들이 뭐라고 중얼거리는 소리가 들려오긴 했지만, 커플은 잠시 단둘이 남겨졌다. 에드워드는 자기 손을 플로렌스의 손 위에 포개며 그날 골백번도 더 얘기한 "사랑해"라는 말을 속삭였다. 그녀 역시 곧바로 사랑한다고 응답했고 그 마음도 진심이었다.

에드워드는 런던 유니버시티 칼리지에서 역사를 전공했고 수석으로 학위를 땄다. 그는 삼 년이라는 짧은 시간 동안 전쟁, 폭

---

* 먼저 식탁에 빈 접시를 두고 거기에 은그릇에 담긴 여러 가지 요리들을 따로따로 차려내는 식사.

동, 기근, 역병, 제국의 흥망성쇠, 1세대들을 집어삼키는 혁명, 농민들의 궁핍한 생활, 산업오염, 지배 엘리트들의 잔인함 등 억압과 비참함, 좌절된 희망으로 점철된 요란한 쇼를 공부하면서 세대가 거듭될수록 삶이 얼마나 경직되고 빈약해질 수 있는지 깨달았다. 크게 보면 지금 영국의 이 평화롭고 풍요로운 시절도 흔치 않은 때이며 그중에서도 그와 플로렌스의 행복은 예외적이다 못해 희귀한 것이었다. 그리고 학부 마지막 해엔 역사가 낳은 "위대한 인물"론을 중점적으로 공부했다. 강력한 개인이 국가의 운명을 결정지을 수 있다는 믿음은 진정 시대에 뒤떨어진 생각일까? 확실히 지도교수는 그렇게 생각했다. 그에 따르면 대문자로서의 역사History는 불가항력적인 힘들에 의해 불가피하고 필연적인 목적을 향해 나아가는 것으로서, 머지않아 곧 하나의 과학으로 이해될 것이었다. 하지만 카이사르, 샤를마뉴, 프리드리히 2세, 예카테리나 대제, 넬슨, 나폴레옹(지도 교수의 강한 요구로 스탈린은 제외시켰다) 등의 생애가 에드워드에게 시사하는 바는 오히려 그 반대였다. 에드워드는 강력한 개인의 무자비한 성품, 노골적인 기회주의, 그리고 행운이 수백만 명의 운명을 바꿀 수 있다고 주장했고, 이 비딱한 결론 덕에 B마이너스라는 점수를 받아 일등 자리까지 위태로울 뻔했다.

그런데 그가 우연히 깨달은 사실은 전설적인 성공이 행복을 가져다주는 일은 거의 없으며 단지 초조함과 고통스러운 야망을 배가시킬 뿐이라는 것이었다. 그는 그날 아침 결혼식을 위해 몸치장을 하느라 연미복을 입고 실크해트를 쓰고 향수를 흠뻑 뿌리면서, 그의 목록에 오른 이들 중 누구도 자신이 느끼는 것과 같은 만족감을 느꼈을 리 없다고 판단했다. 그의 의기양양함은 위대함을 드러내는 하나의 형식이나 다를 바 없었다. 여기 그는 명예롭게 자신의 삶을 성취한, 아니 거의 성취하다시피 한 남자였다. 그는 스물두 살에 이미 그들 모두를 뛰어넘은 것이다.

그는 지금 아내를 바라보고 있었다. 군데군데 반점이 진 그녀의 담갈색 눈동자와 은은하게 우윳빛 파란색이 도는 흰자위를. 눈썹은 어린아이처럼 숱이 많고 짙었으며 평온하고 진지한 얼굴 또한 어린애 같은 구석이 있었다. 어떻게 보면 북미 인디언, 고귀한 태생의 스코*를 연상시키는 조각 같은 생김새의 사랑스러운 얼굴이었다. 그녀는 강한 턱에 눈가까지 주름이 잡히는 시원시원하고 꾸밈없는 미소를 지니고 있었다. 골격 또한 컸는데 결혼식에 온 일부 부인네들은 그녀의 풍만한 엉덩이를 보고 뭔가 알겠다는 듯 한마디씩 거들었다. 비록 충분히 진전하진 못했지

* squaw; '젊은 여자'를 뜻하는 인디언 알곤킨 어족(語族)의 말에서 빌려온 차용어.

만 그래도 에드워드가 만지고 키스까지 했던 그녀의 가슴은 작은 편이었다. 바이올린을 켜는 손은 창백했지만 힘이 셌고, 기다란 팔도 마찬가지여서 학창시절엔 창던지기를 잘했다.

에드워드는 클래식을 전혀 좋아하지 않았었다. 하지만 이제는 레가토, 피치카토, 콘브리오 따위의 생생한 전문용어들을 익히고 있었다. 비록 무지막지한 반복의 결과이긴 했으나 일부 곡들은 천천히 귀에 들어오기 시작했고 좋아지기까지 했다. 그녀가 친구들과 함께 연주했던 어떤 곡은 특히나 감동적이었다. 그녀는 집에서 음계나 아르페지오를 연습할 때 머리띠를 했는데 그 모습이 너무 귀여워서 그는 마음속으로 언젠가 그들이 갖게 될 딸아이를 그려보기도 했다. 플로렌스의 연주는 유연하고 정확했으며 풍부한 음색으로 정평이 나 있었다. 한 교수는 개방현을 연주할 때 그녀처럼 따뜻한 소리를 내는 학생은 여태 만나본 적이 없다고 했다. 그녀가 런던의 연습실이나 옥스퍼드에 있는 부모님 집의 방 악보대 앞에 서 있고 에드워드가 침대에 엎드린 채 그런 그녀를 바라보며 욕망할 때면, 그녀는 꼿꼿이 등을 세우고 당당하게 고개를 쳐든 자세를 유지하며 한 치도 흐트러지지 않았고 그를 흥분시키는 위엄 있고 도도하기까지 한 표정으로 악보를 읽었다. 그 시선은 확신에 차 있었고 쾌락에 이르는 길을 잘 알고 있는 듯 보였다.

활에 로진*을 바르고 바이올린 현을 갈아끼우고 그녀가 열렬하게 좋아하는 현악사중주를 위해 대학친구 세 명이 묵을 방을 새로 정돈하는 등 음악과 관계된 일이라면 그녀는 언제나 자신있고 유연하게 행동했다. 또한 친구들 중 그 누구도 이의를 제기하지 못하는 리더로서 서로의 음악적 견해가 적잖이 부딪칠 때마다 최종 결론을 내리는 사람도 그녀였다. 하지만 나머지 생활에서는 놀라울 정도로 서툴고 어정쩡해서 늘 발을 접질리거나 물건을 뒤엎었고 어딘가에 머리를 부딪혔다. 바흐의 파르티타에 나오는 더블스토핑**을 소화해내는 손가락들은 가득 찬 찻잔을 린넨 식탁보에 엎지르거나 돌바닥에 유리잔을 떨어뜨리는 일에도 못지않게 능했다. 또한 그녀는 누군가 자기를 지켜보고 있다는 생각이 들면 제 발에 걸려 넘어지곤 했다. 길거리에서 멀리 있는 친구를 향해 걸어가는 건 너무도 고통스러운 일이라고 털어놓기도 했다. 뿐만 아니라 불안하거나 스스로를 너무 의식할 때면 항상 내려와 있지도 않은 머리카락을 쓸어올리기 위해 반복적으로 손이 이마에 올라갔고, 이 과격하지는 않으나 불안한 동작은 스트레스의 원인이 사라진 뒤에도 오랫동안 지속되었다.

* 송진을 수증기로 증류하여 테레빈유를 제거한 황갈색 수지.

** 두 개 이상의 현을 동시에 긁어 소리를 내는 주법.

이렇게 경이롭고 마음이 훈훈해질 정도로 특별한 사람을, 고통스러울 정도로 솔직하고 자의식이 강해 마치 전기를 띤 입자처럼 시시각각 변하는 표정과 몸짓에서 모든 생각과 감정이 흘러나와 뻔히 다 들여다보이는 듯한 사람을 어찌 사랑하지 않을 수 있겠는가? 그는 그녀가 튼튼한 골격을 가진 미인이 아니었더라도 사랑할 수밖에 없었을 것이다. 그녀 또한 그를 매우 열렬히 사랑했지만 육체적으로는 너무도 고통스럽게 절제했다. 이런 그녀 덕분에 적절한 배출구가 없어서 한껏 고양된 그의 열정뿐 아니라 보호본능까지도 깨어났다. 하지만 그녀는 정말로 그토록 연약한 사람이었을까? 그는 언젠가 그녀의 학창시절 리포트 철을 몰래 훔쳐보다가 지능시험 결과를 본 적이 있었다. 그보다 17점 높은 152였다. 이때는 키나 몸무게처럼 지능지수로 실체가 있는 뭔가를 측정할 수 있다고 믿었던 시절이었다. 한번은 그가 사중주 리허설에 구경 갔을 때였다. 그녀는 최근에 난 여드름이 얼굴에 도드라진, 자기주장이 강하고 통통한 첼리스트 찰스와는 구절법이나 템포, 또는 강세법 등에 대해 다른 의견을 가지고 있는 듯했다. 에드워드는 플로렌스가 얼마나 차분하게 행동할지 호기심이 생겼다. 그녀는 단원들의 논쟁을 조용히 듣고만 있다가 자신의 결정을 알렸다. 머리카락을 쓸어넘기는 사소한 동작조차 없이. 그녀는 자기 분야에서 유능했고 제1바이올린 주자라면 응당 그래야 하듯 다른 이들을 리드하겠다고 작정한 사람이었다. 또한 다소 무서운 구석이 있는 자기 아버지를 상대로 원하는 것을 관철시키는 능력도 있어 보였다. 결혼하기 한참 전, 그녀의 제안으로 그녀의 아버지가 에드워드에게 일자리를 제공한 것도 한 예였다. 그가 그 직장을 정말로 원했든 감히 거절했든 그건 별개의 문제였다. 또한 그녀는 여성 특유의 꼼꼼함을 발휘해 대형 천막의 크기에서부터 서머 푸딩의 개수, 그리고 아버지에게 지불을 요구할 적정액수가 정확히 얼마인지까지 피로연에 필요한 것을 정확히 파악했다.

*

"음식이 왔어."

그녀가 그의 손을 꼭 쥐며 속삭였다. 갑작스러운 애정 표현을 해서는 안 된다고 주의를 준 것이다. 웨이터들이 쇠고기 요리를 날라오고 있었는데 그의 음식은 그녀의 두 배나 높이 쌓여 있었다. 셰리 트뤼플*, 체다 치즈, 민트 초콜릿도 식기대 위에 가지런

* 셰리 주(酒)를 뿌린 스펀지케이크에 거품 낸 크림을 바른 디저트.

히 가져다놓았다. 소년들은 벽난로 곁의 호출벨을 세게 눌러야 한다는 둥, 계속 누르고 있어야 한다는 둥 몇 마디 웅얼거린 후에 문을 조심스레 닫고 나갔다. 그뒤 딸랑딸랑하고 트롤리가 복도를 따라 내려가는 소리가 났고, 잠시 잠잠하다가 아래층 바에서 들려온 것일 법한 환성인지 야유인지 싶은 소리도 들렸다. 그리고 마침내 신혼부부는 온전히 단둘이 남겨졌다.

바람의 방향이 바뀐 것인지 더 세차진 것인지는 알 수 없었지만, 그 바람에 부서지는 파도 소리가 실려 왔다. 마치 먼 데서 유리가 깨지는 소리 같았다. 안개가 걷히면서 동쪽으로 휘어든 나지막한 언덕들이 해안선 위로 일부 윤곽을 드러내고 있었다. 눈부시게 빛나는 매끄러운 회색 표면이 보였는데, 바다의 비단 같은 수면인지 석호인지 혹은 하늘인지 분간하기 어려웠다. 아까와 다른 산들바람이 열린 프렌치 윈도를 통해 산소와 탁 트인 공간의 짠내를 실어나르며 유혹했다. 빳빳하게 풀 먹인 식탁보, 옥수수 전분이 굳어버린 그레이비소스, 번쩍번쩍 윤을 낸 은식기와는 어울리지 않는 냄새였다. 피로연은 성대했고 시간도 어지간히 연장되었던 터라 그들은 그다지 배가 고프지 않았다. 그러니 음식을 포기하고 와인을 병째 든 채 해변으로 뛰어내려가 신발을 벗어던지며 해방의 기쁨을 만끽할 수도 있었다. 이론적으론 그랬다. 호텔에서 그런 그들을 막을 이는 아무도 없을 것이었다. 이제 성인이고 신혼여행중이니까 뭘 하든 자유였다. 머지않아 이 정도는 젊은 사람들이 흔히 하는 행동쯤에 들 터였다. 하지만 지금은 시대가 그들을 붙들었다. 에드워드와 플로렌스가 단둘이 있을 때조차도 여전히 수천 가지의 비공식적인 관습들이 적용되고 있었다. 그들은 성인이었기 때문에 다른 사람들이 힘들게 준비한 식사를 먹지도 않고 가버리는 철딱서니 없는 행동은 할 수 없었다. 무엇보다도 지금은 저녁식사 시간이었고, 철이 없으면 존경받지 못하며, 그런 사람이 드물기도 했던 그런 시절이었다.

하지만 에드워드는 해변의 부름을 뿌리치기 어려웠다. 그녀에게 제안하거나 그들의 행동을 정당화할 무슨 방법을 알았더라면 당장 밖에 나가자고 했을지도 모른다. 그는 이곳 해변에는 수천 년 동안의 폭풍으로 마치 체로 쳐서 골라낸 듯한 조약돌이 십팔 마일에 걸쳐 크기별로 깔려 있는데, 동쪽으로 갈수록 큰 돌들이 놓여 있다는 내용이 실린 안내책자를 플로렌스에게 큰 소리로 읽어준 적이 있었다. 전설에 따르면 이 지역 어부들은 한밤중에 육지로 올라와도 조약돌의 크기를 더듬어 그들의 위치가 어디인지 정확히 파악한다고 했다. 플로렌스는 일 마일 간격으로 돌을 한 움큼씩 주워서 비교해보고 정말 그런지 직접 확인해보자고 했었다. 해변을 터벅터벅 거니는 게 여기 그냥 앉아 있는 것보다는 훨씬 나을 것이다. 원래도 낮은 천장은 더 가까이 내려앉아 그의 머리끝에 닿을 것 같았고, 접시에서는 애완견의 날숨 같은 축축한 냄새가 피어올라 바닷바람과 섞이고 있었다. 어쩌면 그는 스스로 되뇌고 있는 만큼 그렇게 즐겁지 않은지도 모른다. 끔찍한 압박이 뇌를 마비시키며 입을 얼어붙게 만드는 느낌이었다. 그뿐이 아니었다. 몸도 꽤 심각한 상태였는데 바지인지 속옷인지가 쪼그라붙은 것만 같았다.

만일 램프의 요정이 나타나 에드워드에게 가장 큰 소원이 무엇이냐고 묻는다면 그는 세상의 그 어떤 해변도 요구하지 않을 것이다. 그가 원하는 모든 것, 그가 생각할 수 있는 모든 것은 오직 플로렌스와 함께 옆방 침대 시트 위에서든 속에서든 벌거벗고 누워 종교적 황홀경처럼, 아니 차라리 죽음처럼 일상과는 동떨어져 보이는 그 멋진 경험을 맞이하는 것이었다. 이제 그 일이 정말로 일어날 것인가? 나에게? 그런 기대감에 또다시 차가운 손가락이 아랫배로 내려갔고, 순간 반 황홀경에 빠져 멈칫했지만 만족스런 한숨으로 그 상태를 어물쩍 덮어버렸다.

그 시대, 아니 어느 시대건 간에 성적 표현이 쉽지 않거나 그 방법을 알지 못하는 대부분의 젊은 남자들처럼, 그도 당시에 어느 권위 있는 선각자가 "자기쾌락self-pleasuring"이라 부르던 것에 지속적으로 탐닉했다. 에드워드는 그런 용어를 발견하고는 기뻤다. 이번 세기에, 1940년에 태어난 그는 이미 그것이 자신의 몸을 학대하는 짓이며 시력도 나빠질 것이고 매일 그 일에 열중할 때마다 신께서 험악한 불신의 눈길로 지켜보신다고는 믿지 않았다. 모든 이가 그의 창백하고 내성적인 모습에서 자위의 흔적을 읽어내리라는 것조차도. 그럼에도 그의 몸부림에는 명확지 않은 일종의 수치심이 드리워 있었다. 실패했고 허비했다는 느낌, 그리고 물론 외롭다는 느낌도. 그리고 쾌락은 정말이지 부수적인 이득일 뿐, 목표는 해방이었다. 즉각 가질 수 없는 것, 생각을 마비시키는 절박한 욕망으로부터의 해방. 몸에서 한 숟가락 분량의 생산물이 터져나오자마자 정신이 해방되어 새로운 마음으로 아부키르 만灣에서 넬슨이 보인 결단력*과 마주할 수 있다니 이 얼마나 놀라운 일인가 말이다.

에드워드가 결혼 준비를 위해 할 수 있었던 유일하고도 가장 중요한 공헌은 일주일 동안 그 행위를 자제하는 것이었다. 열두 살 이후로 그렇게 완벽하게 스스로를 자제한 적이 없었다. 그는 신부를 위해 최상의 상태이고 싶었다. 쉽지 않은 일이었다. 특히 밤에 잠자리에 들 때, 잠에서 깨어난 아침에, 지루한 오후에, 점

* 1798년 프랑스 혁명중에 넬슨이 거느린 영국 해군이 프랑스 함대를 격파했던 해전을 가리킨다.

심을 먹기 전이나 저녁식사 후에, 잠자리에 들기 전에 그랬다. 이제 그들은 마침내 결혼했고 둘만 남겨졌다. 그런데 그는 왜 로스트비프 따위는 내팽개치고 키스를 퍼부으며 그녀를 옆방 사주침대로 이끌지 않는가? 하지만 일은 그렇게 간단치 않았다. 그에게는 플로렌스의 수줍음과 얽힌 긴 역사가 있었다. 결국 그는 그것을 존중하다 못해 경외하기에 이르렀고 일종의 내숭, 즉 풍부한 성적 본능을 감추는 관습적인 베일로 착각했다. 종합하면, 그것은 그녀의 복잡하고 난해한 성품의 일부이자 고귀함의 증거였다. 그는 스스로도 이런 그녀가 더 좋다고 믿게 되었다. 왜인지는 꼼꼼히 따져보지 않았지만, 그녀의 이런 삼가는 태도는 그 자신의 무지와 소심함에 걸맞았다. 좀더 관능적이고 당당하게 요구하는 여성, 이른바 야성적인 여성은 그를 겁먹게 했을지도 모를 일이다.

그들의 연애는, 결코 말로 합의되거나 조율된 바는 없지만 일반적으로 지켜지는 의식에 따라 위엄 있게 전개되는 파반*과도 같았다. 서로 뭔가 상의하지도 않았지만 그렇다고 친밀한 대화가 부족하다고 느끼지도 않았다. 이런 것들은 말로 표현될 수 없는, 정의 불가능한 문제였다. 이때는 심리치료라는 말이나 행위,

* 16세기 유럽에서 유행한 느린 춤 또는 무곡.

서로 느낌을 공유하고 함께 분석하는 문화가 아직 일반적으로 널리 퍼져 있지 않았다. 한편에서는 돈깨나 있는 사람들이 정신 분석에 푹 빠져 있다는 소문이 들리긴 했어도, 사람들은 아직 이니그마라든가 개인 병력病歷 분석, 해결되길 기다리고 있는 문제 등의 용어로 자기 자신에 대해 생각하는 습관을 가지고 있지 않았다.

에드워드와 플로렌스 사이에서는 무슨 일이든 빨리 일어나는 법이 없었다. 중요한 신체 접촉, 지난번보다 더 보거나 만져도 된다는 무언의 허락은 아주 서서히 이루어졌다. 그녀의 맨 가슴을 처음 본 시월의 그날 이후, 한참 만인 십이월 십구일에야 그는 그것을 손으로 어루만질 수 있었다. 키스는 다음 해 이월에 했지만 젖꼭지까지는 아니었는데, 오월이 되어서야 딱 한 번 그곳을 입술로 살짝 스칠 수 있었다. 그녀가 그의 몸에 접근해온 방식은 훨씬 더 조심스러웠다. 그가 갑자기 움직이거나 급진적인 제안을 하면 수개월간 들인 공이 허사가 될 지경이었다. 극장에서 연극 〈꿀맛〉을 보던 저녁, 그는 그녀의 손을 끌어다 자신의 다리 사이에 밀어넣었다가 진도를 몇 주나 거꾸로 되돌린 적도 있었다. 그녀는 얼음처럼 차가워지지도 않았고 쌀쌀맞게 굴지도 않았지만—이는 결코 그녀의 방식이 아니었다—실망했거나 약간의 배신감마저 느꼈는지 은연중에 멀어졌다. 그녀는 어쨌든 그가 그녀의 사랑을 결코 의심하지 않을 만큼만 후퇴했다. 그러다 그들은 결국 다시 궤도에 올랐다. 삼월 말 어느 토요일 오후, 둘은 칠턴 힐스에 있는 아담한 그의 부모님 집에 단둘이 있었다. 어질러진 거실 창밖으로 비가 억수같이 쏟아지고 있었다. 그때 그녀가 그의 성기, 아니 그 근처에 잠시 손을 올려놓았다. 십오 초도 안 되는 짧은 시간 동안, 그는 부풀어오른 희망과 황홀경 속에서 두 겹의 직물을 사이에 두고 그녀를 느꼈다. 그녀가 손을 거두자마자 그는 더이상 참을 수 없다는 것을 깨달았다. 그래서 그녀에게 청혼했다.

그는 그런 곳에 손—사실 손등이었다—을 대는 것이 그녀에겐 얼마나 고통스러운 일인지 알 수가 없었다. 그녀는 그를 사랑했고 또 기쁘게 해주고 싶었지만, 그러기 위해 엄청난 혐오감을 극복해야 했다. 그것은 정직한 시도였다. 그녀는 영리하긴 했어도 술책 따윈 쓰지 않았다. 그녀는 최대한 오랫동안 그 손을 그대로 올려두었다. 회색 플란넬 바지 밑에서 뭔가가 꿈틀거리고 단단해지는 것을 느끼기 전까지는. 그녀는 자신의 에드워드와 별개로 존재하는 살아 있는 생명체를 대면했고, 그리고 후퇴했다. 그러자 그가 불쑥 청혼을 했고, 북받치는 감정과 기쁨, 환희와 안도, 그리고 갑작스런 포옹 속에서 그녀는 잠시나마 자신이 겪은 작은 충격을 잊었다. 그 역시 자신의 결단력에 스스로 놀랐을 뿐 아니라 해소되지 않은 욕망으로 인해 정신적으로 상당히 위축되었던 터라, 그날부터 그녀가 받아들이기 시작한 그 모순, 즉 혐오와 기쁨 사이의 비밀스러운 거래에 대해서는 거의 눈치 채지 못했다.

*

그들은 그렇게 단둘이 있었고, 또 이론적으로는 원하는 것이면 뭐든 할 수 있었지만, 식욕이 조금도 일지 않는 저녁을 그렇게 계속 먹고 있었다. 플로렌스는 나이프를 내려놓고 팔을 뻗어 에드워드의 손을 꼭 쥐었다. 아래층에서 라디오 소리가 들려왔다. 열시 뉴스의 시작을 알리는 빅벤의 종소리였다. 이쪽 해안에는 바로 곁에 언덕이 자리잡고 있어서 텔레비전 전파 수신 상태가 아주 형편없었다. 나이 지긋한 손님들은 저 아래 거실에 앉아 나이트캡* 한 잔을 걸치며 세상을 가늠하고 있을 테고—호텔에는 양질의 싱글몰트 위스키가 여럿 구비되어 있었다—개중에는 파이프에 그날의 마지막 담배를 채워넣고 있는 사람도 있을 터

* 잠을 청하기 위해 잠자리에 들기 바로 전이나 저녁식사 후에 마시는 가벼운 술.

이다. 그들은 라디오 주위에 모여 정시 뉴스를 듣는 전시戰時 때 습관을 결코 버리지 못할 것이다. 에드워드와 플로렌스는 잘 들리지도 않는 뉴스의 헤드라인에 귀 기울이다가 총리의 이름을 얼핏 들었고, 일이 분 후엔 귀에 익은 그의 목소리를 들었다. 헤럴드 맥밀런은 워싱턴에서 열린 한 회의에서 군비경쟁과 핵실험금지조약의 필요성에 대해 역설하고 있었다. 대기권에 대고 수소폭탄 실험을 계속하고 전 지구에 방사선을 쬐는 게 어리석은 짓이라는 주장에 누가 이의를 제기할 수 있겠는가? 하지만 서른 살 이하의 영국 국민 중 누구도—당연히 에드워드와 플로렌스도—영국 총리가 세계정세를 주도하고 있다고 믿지 않았다. 영국의 식민지였던 나라들이 속속 합법적인 독립을 쟁취하면서 대영제국은 매년 쪼그라들어갔고, 이젠 거의 아무것도 남지 않았다. 세계는 미국인과 러시아인의 것이었고 대영제국, 잉글랜드는 약소국이었다(이렇게 말하면 왠지 불경스러운 쾌감이 느껴진다). 물론 아래층 사람들은 생각이 달랐다. 전쟁터에서 싸웠거나 그 때문에 고통받았고 엄청난 규모의 죽음을 접했던 마흔 넘은 사람들은 그 모든 희생의 대가가 주변국으로의 일탈이라는 사실을 믿을 수 없었던 것이다.

다음 총선 때 처음으로 투표하게 될 에드워드와 플로렌스는 그 유명한 1945년의 승리만큼이나 대단한 노동당 압승을 열렬히 바라고 있었다. 아직도 제국을 꿈꾸는 구세대는 한두 해 안에 반드시 게이츠컬, 윌슨, 크로슬랜드 같은 정치가들에게 분명 무릎을 꿇을 것이다. 이들은 만인이 평등하고 실제적이고 실용주의적인 현대 국가에 대한 비전을 가진 새로운 사람들이었다. 미국이 케네디처럼 발랄하고 잘생긴 대통령을 가질 수 있다면 영국 또한 적어도 정신적인 측면에서라도—그렇게 매력적이랄 수 있는 인물이 영국 노동당에는 없었기 때문에—뭔가 비슷한 인물을 가져도 될 터이다. 다 지난 전쟁을 여태껏 치르고 있는 블림프들*은 여전히 그 시절의 통제와 궁핍을 그리워했다. 하지만 이제 그들의 시대는 끝났다. 에드워드와 플로렌스는 머지않아 영국이 더 나은 방향으로 변할 것이고, 이제 곧 압력을 받은 증기처럼 젊은 에너지가 뿜어져나와 그들의 흥미진진한 모험과 융합되리라 믿었다. 1960년대는 성인으로서 그들의 생활이 시작된 첫 시대였고 또 분명 그들의 시대였다. 아래층에서 은단추가 달린 블레이저 재킷을 걸치고 파이프 담배를 피우는 그들은, 쿨라일라** 위스키 더블을 마시며 노르망디 해전과 북아프리카 전쟁

---

* 영국의 풍자만화가 데이비드 로가 만들어낸 보수적 인물 블림프 대령(Colonel Blimp)에서 온 말.

** 스코틀랜드 아일레이 섬에 있는 증류소 이름이자 여기서 생산되는 싱글몰트 위스키의 이름.

을 추억하고 세련된 군대 속어의 잔재나 나불대는 그들은, 결코 미래에 대한 권리를 주장할 수 없다. 제군들, 이제 퇴장하실 때가 됐소이다.

안개가 걷히면서 인근 숲과 석호 뒤편의 헐벗은 푸른 절벽, 그리고 은빛 바다가 속속 드러나기 시작했고 부드러운 저녁 바람이 흘러들어와 식탁 주위에 맴돌았다. 두 사람은 이제 각자의 불안에 사로잡혀 계속 식사하는 시늉만 내고 있었다. 플로렌스는 접시 위의 음식을 빙빙 돌리고 있었고, 에드워드는 포크 끝으로 잘라낸 얼마 되지도 않는 감자 부스러기만 주워먹을 뿐이었다. 그들은 하릴없이 두번째 뉴스에 귀 기울이면서도 지금 그들의 관심사를 아래층 손님들의 그것과 연관시켜보는 것이 얼마나 바보 같은 짓인지 잘 알고 있었다. 신혼 첫날밤인데, 할말이 없었다. 무슨 말인지 알아들을 수도 없는 말이 발밑에서 들려왔다. 그러다 순간 "베를린"이라는 단어가 귀에 걸렸다. 얼마 전 모든 사람의 마음을 빼앗은 그 얘기였다. 난민들이 반제 호수*에 정박한 상선을 강탈하여 동베를린에서 서베를린으로 탈출한 사건, 난민들은 동독 경비정의 총알을 피해 조타실에 웅크리고 있었다고 했다. 그들은 이 두번째 뉴스에도 귀 기울였다. 그리고 이제

* 베를린 장벽이 붕괴되기 전, 동서로 분단되어 있던 호수 이름.

는 견딜 수 없을 지경이었지만 가까스로 바그다드에서 열린 이슬람 회의 폐막 세션에 관한 세번째 뉴스까지도 들었다.

어리석게도 국제 뉴스에 꼼짝 없이 붙들려 있는 꼴이라니! 계속 이럴 순 없다. 행동할 시간이었다. 에드워드는 나비넥타이를 느슨하게 풀더니 단호한 몸짓으로 나이프와 포크를 접시 위에 가지런히 내려놓았다.

"아래층에 내려가면 제대로 들을 수 있을걸."

자신과 플로렌스를 겨냥해 익살스럽게 비꼬려던 말이 정작 입 밖으로 나오자 깜짝 놀랄 정도로 사납게 느껴졌다. 그보다 라디오에 더 신경 쓰고 있다는 비난으로 알아들은 플로렌스는 얼굴을 붉혔다. 그녀는 그가 자신의 말을 농칠 새도 주지 않고 "아니면 침대에 가서 누울 수도 있지"라고 서둘러 대답하고는, 흘러내리지도 않은 머리카락을 초조하게 쓸어올렸다. 그가 틀렸다는 것을 증명하기 위해 그녀는 자신이 알기로 그가 가장 원하는 것, 그러나 그녀 자신은 두려워하는 것을 제안하고 있었다. 사실 그녀로서는 라운지로 내려가 꽃무늬 소파에 앉은 채, 나이 지긋한 부인네들의 남편들이 몸을 숙여 진지하게 뉴스와 역사의 소용돌이로 빨려들어가는 동안, 부인네들과 조용하게 담소를 나누며 시간을 보내는 쪽이 더 행복하거나 혹은 덜 불행했을 것이다. 아니, 자신이 가장 두려워하는 것만 빼면 뭐라도 다 괜찮았다.

그녀의 남편이 미소를 지으며 일어나 식탁 위로 정중하게 손을 뻗었다. 그의 얼굴에도 살짝 홍조가 돌았다. 그의 허리에 요의腰衣처럼 민망하게 매달려 있던 냅킨이 천천히 나부끼며 바닥으로 떨어졌다. 그녀는 기절 말고는 할 수 있는 게 아무것도 없었다. 연기도 서투른 그녀는 일어나 그의 손을 잡았다. 그의 미소에 답하는 자신의 경직된 미소에 설득력이 없다는 걸 확신하면서. 꿈같은 상태에 빠진 에드워드에게 그녀가 지금처럼 사랑스러워 보인 적이 없다는 걸 알았다 해도 별 도움이 되지 않았을 것이다. 뭔가 특별했던 그녀의 팔, 훗날 그는 그 팔이 가늘고 연약하다고 생각했던 것을 기억하게 될 것이다. 그 팔이 흠모의 마음을 가득 담고 곧 그의 목에 감길 참이었다. 그리고 거부할 수 없는 열정으로 빛나는 그녀의 아름다운 옅은 갈색 눈동자와 방금도 혀로 적신 아랫입술의 희미한 떨림.

그는 남은 한 손으로 와인병과 반쯤 차 있는 잔들을 그러모으려고 애썼지만 너무도 힘들고 산만한 일이었다. 잔의 볼록한 부분이 서로 밀리는 바람에 손 안에서 잔 기둥이 엇갈려 와인이 쏟아졌다. 그래서 그는 병 목 부분만 움켜쥐었다. 한껏 고양되고 안절부절못하는 상황에서조차 그는 자신이 그녀의 몸에 밴 절제를 제대로 이해하고 있는 것이라 믿었다. 이를 통해 기쁨은 오히려 더 커질 것이라 생각하면서. 그들은 이 중대한 의식을, 한 번도 넘지 못했던 경계를 함께 마주하고 있는 것이다. 또 침대에 가자고 제안한 사람이 바로 플로렌스라는 가슴 뛰는 사실도 있었다. 그녀의 지위가 바뀌면서 그녀도 해방된 것이라고 그는 믿었다. 그는 손을 그대로 맞잡은 채 그녀에게 키스하기 위해 식탁을 돌아 가까이 다가갔다. 그러다 와인병을 붙들고 있는 게 우스워 보이리라는 생각에 병을 다시 내려놓았다.

"당신, 정말 아름다워."

그가 속삭였다.

그녀는 자신이 이 남자를 얼마나 사랑하는지 떠올리려 했다. 그는 상냥하고 섬세하고 자신을 사랑하는 사람이지 결코 상처를 줄 사람이 아니라고. 그녀는 몸을 움츠리며 그의 품속으로 깊이, 심장에 닿을 듯이 깊이 파고들어가 익숙한 그의 체취를 들이마셨다. 마음을 안심시키는, 나무를 떠올리게 하는 냄새였다.

"여기 당신과 함께 있어서 정말 행복해."

"나도 정말 행복해."

그녀가 조용히 대답했다.

키스를 하자마자, 그녀는 마치 불량배가 어깨로 밀치며 방으로 들어오듯 팽팽하고 힘센 그의 혀가 자신의 이를 열고 입 안에 들어오는 것을 느꼈다. 그녀에게 들어오고 있는 것이다. 그녀의 혀는 반사적인 혐오감으로 접혀서 뒤로 감겼고, 그러면서 에드워드가 탐색할 공간이 더 많이 열렸다. 그는 그녀가 이런 깊은 키스를 싫어한다는 것을 잘 알고 있었지만, 여태껏 이렇게 자신감이 넘친 적은 없었다. 그는 자신의 입술을 그녀의 입술에 단단히 붙이고 혀로 그녀의 부드러운 혀 밑을 정밀하게 탐사한 다음, 아랫니 안쪽을 더듬어, 그녀가 삼 년 전 뒤틀린 사랑니를 전신 마취하고 뽑아낸 빈자리로 이동했다. 그녀가 생각에 잠길 때마다 혀를 갖다대곤 하던 자리였다. 그곳은 그녀에게 어떤 공간이라기보다는 하나의 관념, 즉 그녀의 잇몸에 난 빈자리가 아니라 개인적인 상상 속의 장소에 가까웠다. 그곳에 다른 사람의 혀도 닿을 수 있다는 사실이 그녀는 기이하기만 했다. 그녀에게 혐오감을 주는 이 낯선 살덩이의 단단하고 뾰족한 끝은 마치 스스로 꿈틀대며 살아 있는 것 같았다. 그는 마치 지렛대를 움직이듯 왼손 손바닥으로 그녀의 목 바로 아래 어깨뼈를 눌러 그녀의 머리를 자기 머리에 맞대었다. 그의 기분을 상하게 할 수는 없다고 굳게 결심하면 할수록 그녀의 폐쇄공포증과 숨막힘은 더욱 심해졌다. 그는 그녀의 혀를 입천장으로 밀어올렸다가 다시 아래로 눌렀다. 그러고는 측면을 따라 부드럽게 미끄러지며 내려와 입속에서 한 바퀴 돌았다. 마치 혀를 돌려가며 간단한 매듭을 묶는 것 같았다. 그는 그녀의 혀가 스스로 움직여 끔찍한 침묵의 이중주에 동참하도록 이끌고 싶었지만, 그녀가 할 수 있는 일은 고작 잔뜩 움츠린 채 몸부림치지 않고, 구역질하지 않고, 공황상태에 빠지지 않도록 집중하는 것뿐이었다. 정말 터무니없는 생각이었지만, 만일 그녀가 그의 입에 대고 구역질을 하면 그들의 결혼은 바로 끝장날 테고, 그녀는 집으로 돌아가 부모님에게 이 모든 걸 해명해야 할 것이다. 그녀는 이와 같은 혀의 작업, 이런 삽입이 아직 시작되지 않은 일들의 소규모 예고편이자 활인화活人畫* 같은 의식이며, 앞으로 일어날 모든 것을 미리 알리는 구식 연극의 프롤로그 같은 것임을 완벽하게 이해하고 있었다.

이 순간이 지나가길 기다리며 서 있는 동안, 그녀의 양손은 에드워드의 엉덩이 위에 순전히 형식적으로 놓여 있었다. 돌이켜 보면 플로렌스는 이때 자신이 너무나 자명하고도 공허한 진실과 조우했음을 깨달았다. 데인겔트**나 초야권만큼 원시적이고 오래된, 너무나 단순해서 정의할 수조차 없는 진실. 그녀는 결혼하기로 하면서 정확히 이것에 동의했었다. 이것을 하고 또 이것을 당하는 것이 옳다고 동의했던 것이다. 식을 마치고 그녀와 에드워드 그리고 그들의 부모님들이 등록부에 서명하기 위해 음침한

---

* 저명인사, 문학 속 등장인물, 명장면 등을 소리나 움직임 없이 적절한 의상과 자세만으로 재현하는 놀이.

** 데인 족에게 주는 돈이라는 뜻. 10세기 말 데인 족으로부터 영국을 보호하기 위한 자금을 마련하기 위해 일 년에 한 번씩 징수한 세금.

성구실聖具室로 줄지어 되돌아갔을 때, 그들은 여기에 서명한 것이었다. 나머지 모든 것들—이제 그들이 성인이라는 인정認定, 색종이, 케이크—은 그저 품위 있는 오락일 뿐이었다. 이제 이것을 거부하면 모든 책임은 그녀에게 돌아갈 것이다. 지난 일 년 동안 그녀의 모든 선택은 언제나 이것으로 수렴되고 있었던 것이다. 모든 게 그녀의 잘못이었다. 그리고 이제 그녀는 정말로 토할 것 같다고 느꼈다.

그녀의 신음 소리를 들은 그는 자신의 행복이 거의 완성되었다고 생각했다. 바닥에서 몇 인치 붕 떠 있는 듯한 즐거운 느낌 속에 그는 기분 좋게 그녀 위로 우뚝 솟았다. 심장이 목구멍 밑까지 치고 올라와 세차게 뛰는 듯한 고통스러운 쾌감도 느꼈다. 자신의 사타구니에서 그다지 멀리 떨어지지 않은 그녀의 가벼운 손길, 고분고분하게 그의 양팔에 안겨 있는 그녀의 사랑스런 몸, 코로 급하게 내쉬는 그녀의 열정적인 숨결 때문에 흥분한 온몸이 짜릿짜릿했다. 그녀의 혀를 밀어내자 그녀가 그의 혀를 부드럽게 감쌌고, 급기야 그는 갈비뼈 바로 아래가 차갑고 얼얼해지는 낯선 황홀경에까지 이르렀다. 어쩌면 머지않아 그녀를 설득해서 그의 성기를 그녀의 부드럽고 아름다운 입에 집어넣을 수도 있을 것 같았다. 아니 어쩌면 오늘 저녁에. 설득할 필요조차 없을지도 모른다. 하지만 이런 생각은 최대한 빨리 떨쳐내야 했다. 그는 이미 너무 빨리 도달할지도 모를 위태로운 상황에 빠져 있었기 때문이다. 이미 시작된 지나친 성적 흥분이 자신을 치욕스러운 상황으로 몰아가고 있음을 그는 느낄 수 있었다. 바로 그때 그는 뉴스와 총리의 얼굴을 떠올렸다. 구부정한 큰 키에 바다코끼리 같은 전쟁 영웅인 노인네 헤럴드 맥밀런. 그 노인네는 성욕과 무관한 모든 것이었고, 일단 진정하고자 하는 그의 목적에 더할 나위 없이 맞아떨어졌다. 무역적자, 임금동결, 소매가 유지 등등. 아프리카에 불어오는 변화의 바람 앞에서 그는 사실상 선택의 여지가 없었지만 일각에서는 그가 제국을 포기했다며 악담을 퍼부었다. 똑같은 얘기라도 노동당 쪽 사람이 했으면 아무도 같은 뜻으로 받아들이지 않았을 것이다. 그래서 그는 "긴 칼의 밤"*에 내각의 삼분의 일을 교체했다. 꽤나 용기가 필요한 일이었다. 한 기사의 헤드라인은 그를 '칼잡이 맥'**이라 불렀다. 또다른 제목은 '맥베스!'였다. 진지한 사람들은 그가 나라를 텔레비전, 자동차, 슈퍼마켓 등 오만가지 쓰레기 더미 속에 파묻고 있다고 불평했다. 그는 국민이 원하는 것을 준 것뿐이다. 빵과 서

* 1934년 나치의 '긴 칼의 밤' 사건에서 따온 말로, 1962년 7월 13일 헤럴드 맥밀런이 각료들을 대대적으로 해고시킨 사건을 일컫는 표현.

** Mack the knife: 브레히트의 〈서푼짜리 오페라〉에 등장하는 노래 제목으로, 훗날 많은 재즈 가수들이 다시 불러 유명해진 곡이다.

커스, 그리고 새로운 국가를. 이제 그는 우리가 유럽에 동참하길 원했다. 그가 잘못되었다고 그 누가 분명하게 말할 수 있겠는가?

마침내 절정으로 치닫는 느낌이 가라앉았다. 에드워드의 상념은 흩어졌고 이제 그는 다시 한 번 자신의 혀로, 혀끝으로 변신했다. 바로 그 순간 플로렌스는 더이상 참을 수 없다고 결단했다. 손발이 묶이고 질식할 것 같은 느낌이었다. 숨이 막혀왔고 속이 메스꺼웠다. 그리고 어떤 소리가 점점 더 크게 들려왔다. 차근차근 음계를 밟아 올라가는 소리가 아니라 느린 글리산도*처럼 쭉 미끄러져 올라가는 소리였다. 딱히 바이올린 소리도 사람 목소리도 아닌 그 중간쯤 되는 소리는 견딜 수 없을 정도로 높아지고 더 높아지고 있었지만 결코 가청 범위를 벗어나진 않았다. 바이올린 같은 그 소리는 바야흐로 의미를 전달하는 지경에까지 이르러 말보다 더 원시적인 치찰음과 모음으로 그녀에게 뭔가 절박한 것을 말하고 있었다. 방 안이나 바깥 복도에서 나는 소리일 수도 있고 마치 이명처럼 그녀의 귀에만 들려오는 소리일지도 모른다. 어쩌면 소음을 내는 건 바로 그녀 자신일 수도 있다. 어쨌든 그녀는 상관하지 않았다. 빠져나와야만 했다.

그녀는 머리를 홱 빼면서 그를 밀치고 품에서 빠져나왔다. 놀

---

* 한 음에서 다른 음으로 진행할 때 미끄러지듯이 연주하는 활주법.

란 그가 그녀를 빤히 본 그때, 그녀는 여전히 입을 벌린 표정에서 의문이 떠오르기 시작한 그의 손을 잡고 침대로 이끌었다. 어리석다 못해 미친 짓이었다. 정작 그녀는 방에서 뛰쳐나가 정원을 가로지르며 저 아래 샛길을 내달려 해변에 혼자 앉아 있고 싶었는데도. 일 분만 혼자 있었어도 도움이 됐을 터였다. 하지만 그녀의 의무감은 고통스러울 정도로 강해서 그럴 수가 없었다. 에드워드를 절대로 실망시킬 수 없었다. 그리고 그녀는 자신이 완전히 틀린 거라고 확신했다. 친지를 비롯한 결혼식 하객 전원이 그들을 지켜보기 위해 어찌어찌하여 눈에 보이지 않는 모습으로 방 안에 몰려왔다면, 이 유령들은 모두 에드워드와 그의 절박하고도 온당한 욕망을 편들었을 것이다. 그들은 당연히 그녀에게 문제가 있다고 생각할 것이고, 그게 옳았다.

그녀도 지금 자신이 취하는 행동이 한심하다는 것을 알았다. 생존하기 위해, 추악한 한순간을 모면하기 위해 과감하게 다음 기회에 자신을 내던져, 그것을 갈망한다는 인상을 주어야 했던 것이다. 그래봐야 도움은 되지 않겠지만. 최후의 행위를 영원히 연기할 수는 없었다. 그녀가 바보같이 그 순간을 향해서 나아가고 있는 만큼, 그 순간도 그녀에게 가까이 다가오고 있었다. 그녀는 의문을 제기할 수 없는 규칙으로 이루어진 게임에 걸려들었다. 그녀는 자신을 이끄는, 아니 잡아끄는 논리, 즉 지금 거실을 가로질러 열린 침실 문으로, 비좁은 사주 침대로, 매끄러운 하얀 이불로 가고 있는 에드워드에게서 도망칠 수 없었다. 그녀는 저 침대 속에서 무엇을 해야 할지 전혀 알지 못했지만, 적어도 그 끔찍한 소리는 멈출 수 있었다. 그리고 침대에 도착하는데 걸릴 그 몇 초 동안 그녀의 입과 혀는 온전히 그녀의 것이었다. 숨도 쉴 수 있을 테고 정신을 가다듬을 수도 있을 것이다.

2장

그들은 어떻게 만났고, 왜 이다지도 소심하고 순진했을까? 그들은 운명을 믿기엔 스스로 너무나 세련됐다고 생각했지만, 그토록 중요한 그들의 만남이 우연을 통해 이루어진 게 틀림없고 또 분명 그것이 수백 가지의 작은 사건들과 선택들에 의해 좌우되었다는 것은 그들에게 여전히 하나의 패러독스로 남아 있었다. 어쩌면 그 만남이 아예 일어나지 않았을 수도 있었다는 건 정말로 끔찍한 가능성이었다. 처음 사랑의 감정이 폭발했을 때, 그들은 에드워드가 십대 초반에 저 멀리 칠턴 힐스에 있는 누추한 자기 집에서 옥스퍼드로 이따금씩 내려올 때마다 간발의 차이로 서로 엇갈렸다는 사실에 놀라곤 했다. 구월 첫째 주에 열리는 '성 자일스 축일장'이라든가, 오월 첫째날 새벽에 시작되는,

정말 웃기고 과대평가된 행사라는 데 두 사람이 동의했던 '노동절 아침'의 저 유명하고 젊은 혈기 넘치는 지역 축제들에서, 처웰 보트하우스에서 펀트*를 빌리면서(비록 에드워드로서는 딱 한 번뿐이었지만), 혹은 십대 후반 털Turl에서 불법으로 술을 마시면서, 최소한 한 번쯤은 서로 옷깃을 스쳤으리라 생각하면 온몸이 간질거렸다. 에드워드는 다른 열세 살짜리 남자애들과 버스를 타고 옥스퍼드 중심가에 갔다가 상식 퀴즈에서 어른처럼 섬뜩하게 유식하고 냉정한 여자애들에게 패배한 적이 있었던 것 같다고도 했다. 아마도 다른 학교였을 것이다. 플로렌스는 그런 팀에 껴본 기억은 전혀 없지만 그래 보고 싶었노라고 털어놓았다. 그들은 옥스퍼드에 대한 서로의 심리적, 지리적 지도를 비교해보고는 그것이 상당히 일치한다는 사실을 발견했다.

그렇게 유년기와 학창 시절이 끝나고, 1958년 두 사람은 모두 런던을 선택했지만 그는 유니버시티 칼리지를, 그녀는 왕립음악대학을 갔기 때문에 서로 만날 수가 없었다. 에드워드는 캠든 타운에서 남편을 잃고 혼자 사는 친척 아주머니 댁에 하숙하면서 매일 아침 자전거를 타고 블룸스버리로 갔다. 그는 하루 종일 공부했지만 주말이면 풋볼도 하고 친구들과 함께 맥주도 마셨다.

* 삿대로 젓는 바닥이 평평하고 각이 진 작은 배.

그리고 창피하다는 생각이 들기 전까지는 간간이 선술집 주변에서 언쟁하는 일에도 맛을 들였다. 몸으로 때우지 않는 유일하고도 진지한 그의 취미생활은 음악감상이었는데, 그는 특히 영국 로큰롤의 진정한 전신이자 중요한 원동력이었음이 판명된 박력 넘치는 일렉트릭 블루스를 즐겨 들었다. 그가 평생을 두고 보았을 때, 이 음악은 몇 년 후에 전 세계를 매혹시킬, 리버풀에서 만들어진 삼 분짜리 뮤직홀 소품들*보다 훨씬 더 우월했다. 그는 존 메이올의 〈파워하우스 포Powerhouse Four〉라든가 알렉시스 코너, 브라이언 나이트 등을 듣기 위해 저녁이면 이따금씩 도서관에서 나와 헌드레드 클럽까지 옥스퍼드 스트리트를 내려가곤 했다. 학생으로 지낸 삼 년 동안, 헌드레드 클럽에서 보낸 밤들은 문화적 경험의 절정이었고, 그후로도 그는 여기서 들은 음악이 자신의 취향뿐 아니라 삶까지도 결정했다고 생각했다.

그가 아는 몇몇 여자애들—그 시절엔 여대생이 그다지 많지 않았다—은 교외 외곽에서 강의를 들으러 왔다가 늦은 오후에 떠났는데, 필시 여섯시까지 귀가하라는 부모님의 엄격한 지시 때문이었을 것이다. 대놓고 말하진 않았지만, 이 여자애들은 미래의 남편을 위해서 "자신을 지키고 있다"는 인상을 뚜렷이 주

* 비틀스의 음악을 가리킨다.

었다. 이런 여자애들과 섹스를 하면 결혼해야 된다는 건 빤한 이치였다. 꽤 쓸 만한 풋볼 선수였던 두 친구도 이와 같은 전철을 밟아 이학년 때 결혼식을 올리더니 그후로는 모습이 보이지 않았다. 이 운수 나쁜 녀석들 중 특히 한 친구의 얘기가 교훈적인 효과를 발휘했다. 대학 행정실에서 근무하는 여자애를 임신시킨 그는 친구들이 보기에는 "제단으로 질질 끌려간 뒤" 일 년 동안 보이지 않더니, 푸트니 중심가에서 유모차를 밀고 가는 모습을 보여 망신을 당했다.

경구 피임약은 신문에 떠도는 루머이자 터무니없는 희망이었을 뿐, 미국을 둘러싼 또 하나의 과장된 소문에 지나지 않았다. 헌드레드 클럽에서 듣는 블루스 음악은 주변의 그 또래 남자들이 죄다 안 보이는 곳에서 온갖 종류의 욕구를 충족시키는, 격정적이고도 지칠 줄 모르는 성생활을 하고 있음을 암시하고 있었다. 당시의 팝 음악은 그 문제에 대해 여전히 수줍은 편이었기 때문에 듣기 싱거웠고, 영화 쪽은 그보다는 조금 더 솔직했다. 하지만 에드워드가 속한 집단의 남자들은 폭음에 곁들이는 추잡한 농담, 섹스에 관한 듣기 거북스러운 허풍, 떠들썩한 동지애 따위를 떠벌리는 정도로 만족해야 했고, 그러느라 여자를 만날 기회는 더욱더 줄어들었다. 그러나 사회의 변화라는 것은 결코 똑같은 속도로 진행되는 법이 없다. 영문학과나 동양아프리카학

대학 근처, 저 아래 킹스웨이의 런던대학 경제학부 쪽에서는 쫙 달라붙은 검정색 청바지와 폴로넥 스웨터를 입은 남녀들이 상대의 부모를 만날 것까지도 없이 늘 섹스를 한다는 풍문이 떠돌았다. 뿐만 아니라 대마초꾼 이야기까지 들려왔는데, 에드워드 역시 지상낙원의 증거를 찾겠다는 마음으로 시험 삼아 사학과에서 영문학과까지 산책을 나서보았지만, 복도나 게시판은 물론이고 여자애들조차도 그들이 속한 동네와 다를 바가 없었다.

플로렌스는 도시 반대편인 앨버트 홀 근방에 위치한 엄격한 여학생 기숙사에 있었다. 밤 열한시가 되면 불이 꺼지고 남자 방문객은 출입금지였다. 여자애들이나 서로의 방을 들락날락하는 기숙사였다. 플로렌스는 하루에 다섯 시간씩 연습했고 여자친구들과 함께 음악회에 갔다. 무엇보다도 위그모어 홀에서 열리는 실내악 연주회를 좋아했는데 특히 현악 사중주 공연이 있을 때면 점심 저녁을 가리지 않고 일주일에 다섯 번이나 간 적도 있었다. 그녀는 그 장소의 어두운 진지함, 빛바래고 허물이 벗겨진 무대 뒤편의 벽, 현관 복도의 빛나는 나무 세공과 짙은 붉은색 카펫, 금박을 입힌 터널 같은 관객석, 영원히 꺼지지 않는 불덩이로 재현된 '하모니의 수호신'을 통해 음악의 위대한 추상에 대한 인류의 갈망을 묘사했다고들 하는 무대 위의 그 유명한 둥근 천장을 사랑했다. 그녀는 또 택시에서 내리는 데 몇 분이나 걸리는 구시대 사람들, 지팡이를 짚고 절뚝절뚝 자기 자리를 찾아가서 때론 손수 가져온 타탄체크의 무릎 담요를 걸친 채 빈틈없고 예리한 침묵 속에서 음악에 귀를 기울이는 최후의 빅토리아인들을 경외했다. 울퉁불퉁 쪼그라든 두개골을 겸손하게 무대 쪽으로 기울이고 있는 이 화석들은 플로렌스에게 노련함과 현명한 판단, 또는 그들의 관절염 걸린 손가락으로는 더이상 섬길 수 없게 된 음악적 지식을 암시했다. 혹은 전 세계의 너무나 많은 유명 음악가들이 이곳에서 연주했고, 그들의 위대한 경력이 바로 이 무대에서 시작됐다는 사실을 아는 것만으로도 흥분할 수밖에 없었다. 그녀가 첼리스트 자클린 뒤 프레의 열여섯 살 데뷔 연주를 들은 곳도 바로 이곳이었다. 플로렌스의 음악적 취향은 별나진 않았지만 강렬했다. 베토벤의 작품번호 18번에 꽤 오랫동안 사로잡혀 있다가 그후엔 그가 말기에 완성한 위대한 사중주곡들에 심취했고, 그다음엔 슈만과 브람스를, 대학 마지막 해엔 프랭크 브리지, 버르토크, 브리튼의 사중주를 사랑했다. 그녀는 삼 년이라는 시간 동안, 위그모어 홀에서 이 작곡가들의 음악을 모두 들었다.

대학 이학년 때는 파트타임으로 무대 뒤에서 시중을 들었다. 널찍한 대기실에서 연주자들에게 차를 대접하고, 그들이 무대에서 내려오면 얼른 문을 열어줄 수 있도록 구멍을 통해 밖을 엿보며 쭈그려 앉아 있었다. 또 실내악을 연주할 때는 피아니스트를 위해 악보도 넘겨주었고, 하이든, 프랭크 브리지, 그리고 브리튼의 성악곡들을 연주했던 어느 날 밤엔가는 실제로 벤저민 브리튼 곁에 서 있기도 했다. 무대에는 소프라노로 노래하는 소년과 성악가 피터 피어스도 있었는데, 피어스는 이 위대한 작곡가와 함께 연주회장을 떠나면서 그녀에게 십 실링짜리 지폐를 찔러주기도 했다. 그녀는 피아노 쇼룸 바로 밑에 여러 개의 연습실들이 붙어 있다는 걸, 그곳에서 존 오그던, 슈라 체르카스키 같은 전설적인 피아니스트들이 마치 정신 나간 신입생들처럼 아침 내내 건반을 오르내리며 음계와 아르페지오를 쾅쾅 쳐대고 있다는 것도 알았다. 그녀에게 위그모어 홀은 제2의 고향이 되었다. 어두침침하고 촌스러운 구석구석, 저 아래 세탁실로 이어지는 차가운 콘크리트 계단까지도 다 자기 것만 같았다. 대기실을 정돈하는 것도 그녀가 할 일이었는데, 어느 오후엔 쓰레기통에서 '아마데우스 사중주단'이 버린 연주 노트 한 권을 발견했다. 연필로 희미하게 흘려 쓴 필체여서 내용을 거의 알아볼 수 없었지만 분명 슈베르트 현악 사중주 15번 첫 악장에 관한 내용이었다. 그리고 마침내 "B에서 아타카!"*라는 말을 해독해냈을 때는 뭔가 중

* At B attack!; 'attack'은 '아타카(attacca)'의 영어식 표현으로, 악장 사이에서 쉼 없이 넘어가는 것을 뜻하는 동시에 '공략하라!'라는 의미도 지니고 있다.

요한 메시지를, 아니 중요한 조언을 받았다는 생각에 온몸이 떨렸다. 그리고 이 주 후에 마지막 학년이 시작된 지 얼마 안 되었을 때, 학교에서 최고로 꼽히는 세 명의 학생에게 그녀의 사중주단에 합류하라고 권유했다.

그중 첼리스트만 남자였다. 하지만 그녀가 보기에 찰스 로드웨이는 낭만적인 매력이라고는 털끝만큼도 없었다. 그녀는 헌신적인 음악가이자 무서울 정도로 야심만만하며 자신이 선택한 악기와 그 악기의 레퍼토리 말고는 일절 일자무식한 같은 학교 남자들에게는 그다지 끌리지 않았다. 그녀의 친구들은 남학생과 교제를 시작하면 에드워드의 풋볼 선수 친구들이 그랬듯 말 그대로 사회적으로 증발해버렸다. 마치 수녀원에 들어가버리기라도 한 것 같았다. 남자와 사귀는 동시에 오랜 친구들과 관계를 유지하기는 불가능해 보였기 때문에 플로렌스는 그냥 기숙사 친구들에게만 충실하기로 했다. 악의 없는 놀림, 친밀함, 상냥함, 그리고 서로의 생일을 중요하게 여기고 또 감기라도 걸릴라치면 주전자니 담요니 과일이니 하는 것들로 귀엽게 법석을 떨어대는 여자애들의 모습이 좋았다. 그녀에게 대학생활은 자유를 의미했다.

에드워드와 플로렌스의 런던 지도는 겹치는 데가 거의 없었다. 그녀는 피츠로비아와 소호의 선술집에 대해 아는 게 거의 없었다. 그리고 늘 마음은 먹고 있었지만 대영박물관의 열람실에도 가보지 못했다. 에드워드 역시 위그모어 홀이나 그녀가 살던 구역의 커피숍에 대해선 아는 게 거의 없었고, 하이든 파크에 소풍을 가거나 서펀타인 연못에서 보트를 타본 적도 없었다. 그들은 둘이 1959년 같은 순간에 폭탄 금지를 결의한 다른 모든 이만 명의 사람들과 함께 트래펄가 광장에 있었다는 사실을 발견하곤 흥분하기도 했다.

*

그들은 아직 서로 만나지 못했다. 런던에서 교과과정을 끝내고 각자 부모님 집으로, 어린 시절의 고요함으로 다시 떠내려간 뒤, 무덥고 지루한 일이 주 동안 바깥바람이나 쐬면서 시험결과를 기다리고 있었던 것이다. 훗날 이 사실은 그들의 호기심을 가장 크게 자극했다. 그들의 만남이 이루어지지 않았을 가능성이 얼마나 컸던가! 에드워드에게 이 특별한 날은 다른 대부분의 날들처럼 그냥 무심히 흘러갈 수도 있었다. 그는 좁다란 정원 끝으로 도망쳐 거대한 느릅나무 그늘 아래 이끼 낀 벤치에 앉아 책을 읽으며 어머니의 시야에서 벗어나려 했을 것이다. 그러면 오십 야드쯤 떨어진 부엌이나 거실 창에서, 당신이 그린 수채화처럼 창백하고 희미한 어머니의 얼굴이 꼼짝도 않고 이십 분씩 계속 그를 지켜보았다. 그는 그런 어머니를 무시하려고 애썼지만, 그녀의 시선은 등이나 어깨를 어루만지는 손길과 다를 바 없었다. 그러고 나면 위층에서 피아노 치는 소리가 들려왔다. 어머니는 당시 그가 알던 유일한 클래식 곡인 〈안나 막달레나를 위한 소곡〉 중에서 즐겨 치던 곡을 더듬더듬 연주했다. 그러다가 삼십 분쯤 후엔 다시 창가로 돌아와서 그를 바라보았을 것이다. 어머니는 그가 책 읽을 때는 밖으로 나와서 말을 거는 법이 없었다. 몇 년 전, 에드워드가 아직 어린 학생이었을 때, 아들의 공부를 절대로 방해하지 말라고 아버지가 어머니에게 끈기 있게 일렀기 때문이다.

그해 여름, 기말고사를 끝낸 뒤 그의 관심은 광신적인 중세 밀교와 정기적으로 나타나 메시아를 자처했던 난폭하고 정신분열적인 지도자들에게 향해 있었다. 그는 노만 콘의 『천년왕국운동사』를 그해 들어 두번째로 읽고 있었다. 요한계시록과 다니엘서에 등장하는 묵시의 개념에 사로잡힌 이들은 교황이 적그리스도임을 확신하며, 세상의 종말이 다가오고 있다, 죄 없고 흠 없는 자만이 구원받을 것이다, 수천의 폭도가 마을에서 마을로 독일 전체를 휩쓸고 몰려다니면서 유대인뿐 아니라 성직자, 때로는 부자들까지도 발견하는 족족 학살할 것이다, 라고 주장했다. 그리고 권력자들이 이런 묵시론적 움직임을 폭력적으로 억압하면 몇 년 후 어딘가에서 또다른 종파가 생겨났다. 그는 독자라는 단조롭고도 안전한 위치에 머무른 채 거듭되는 이러한 부조리의 발작들을 탐독했고, 그 소름끼치는 매혹에 이끌렸다. 종교가 전반적으로 미미한 존재로 영락해버린 시대에 살고 있음을 감사해하면서. 그리고 지금 학위가 그런대로 괜찮다면 박사학위에 지원해볼까 고민중이었다. 그러면 이런 중세의 광기를 주제로 다루게 되리라.

그는 너도밤나무 숲을 산책하면서, 중요한 역사적 사건의 중심부에 있었던, 그리 유명하지 않은 인물들에 대한 짤막한 전기 시리즈를 쓸 것을 꿈꾸곤 했다. 그 첫번째 인물은 로버트 캐리경이 될 터였다. 그는 엘리자베스 1세의 서거 소식을 왕위 계승자인 스코틀랜드의 제임스 6세에게 전하기 위해 런던에서 에든버러까지 칠십 시간 가까이 말을 달린 인물이었다. 그는 유용하게도 자신의 회고록을 썼던 흥미로운 인물로, 스페인 무적함대와 싸웠고 매우 뛰어난 검객이었으며 의전장관 극단의 후원자이기도 했다. 북쪽으로 그렇게 정력적으로 말을 달린 덕에 새 국왕 치하에서 고위직에 발탁되리라는 추측도 있었지만, 그는 결국 그다지 중요하지 않은 인물로 남았다.

좀더 현실적인 기분이 들 때면 에드워드는 적당한 직장을 잡아 중등학교에서 역사를 가르치고, 또 병역을 피하는 일도 확실히 해두어야겠다고 생각했다.

책을 읽지 않을 때는 샛길로 내려가 라임나무 가로수를 따라 정처 없이 거닐다가, 동창인 사이먼 카터가 살고 있는 노스엔드 마을까지 갔다. 하지만 이 특별한 아침, 책이니 새소리니 시골의 평화니 하는 것에 싫증이 난 에드워드는 헛간에서 어릴 적 타던 고물 자전거를 끌어내다가 타이어에 공기를 채우고, 아무런 계획도 없이 출발했다. 주머니에는 일 파운드짜리 지폐 한 장과 반 크라운짜리 동전 두 개가 있었다. 그가 원하는 것은 그저 앞으로 내달리는 것이었다. 브레이크가 거의 작동되지 않는 상태를 감안하면 무모하다 싶은 속력으로 나무 터널을 통과하고 가파른 언덕을 내려가 발럼 농장과 스트레이시 농장을 지나 스토너 밸리로 접어들었다. 그는 스토너 정원의 쇠울타리를 따라 돌진하면서 그 상태로 계속해서 헨리까지 가기로 결정했다. 사 마일을 더 달려야 했다. 그리고 헨리 시내에 도착하자 막연히 런던으로 가서 친구들을 만나볼 요량으로 기차역으로 향했다. 하지만 마침 플랫폼에서 출발을 기다리고 있는 기차는 반대 방향인 옥스퍼드 행이었다.

한 시간 반쯤 후, 그는 정오의 뙤약볕 아래 시내 한복판을 배회하고 있었다. 여전히 어딘가 막연하게 지루해하면서 시간과 돈을 허비한 자기 자신에게 짜증이 난 채로. 한때 이곳은 지역 중심지로서 십대의 그에겐 거의 모든 흥분의 근원지이자 약속의 땅이었다. 하지만 런던을 겪고 난 그의 눈에는 한낱 장난감 도시처럼 보였다. 지긋지긋하고 촌스러웠으며 그럴싸한 겉치레도 우스웠다. 그는 컬리지 입구 그늘에서 그를 쏘아보던 중절모를 쓴 짐꾼에게 말을 걸까 하고 돌아서다가, 대신 위로주 삼아 맥주 한 잔을 사마시기로 했다. 성 자일스 거리를 따라 선술집인 이글 앤드 차일드로 향하는데, 지역 핵군축 캠페인 점심모임을 알리는 육필 표지가 눈에 들어왔다. 그는 망설였다. 이런 진지한 모임도, 자기과시적인 수사법도, 한탄 섞인 올곧음도 썩 마음에 들진 않았다. 물론 핵무기는 섬뜩한 것이고 반드시 막아내야 하지만, 이 모임에서 그는 그다지 새로운 것을 얻지 못했다. 어쨌든 그는 회비를 낸 회원이었고 지금 달리 할 일도 없었을뿐더러 어렴풋한 의무감마저 느껴졌다. 세상을 구하는 데 뭔가 힘을 보태긴 해야 했다.

그는 타일을 바른 복도를 따라 침침한 홀로 들어섰다. 페인트칠을 한 들보가 천장을 나지막이 가로지르고 있었고, 교회에서 날 법한 나무 광택제와 먼지 냄새 속에 무질서한 음성들이 낮게 울려 퍼지고 있었다. 눈이 어둠에 적응했을 때 그의 시야에 제일 먼저 들어온 사람이 플로렌스였다. 그녀는 파티 드레스처럼 쫙 펴지는 하얀 목면 드레스에 폭이 좁은 파랑색 가죽벨트를 허리에 조여맨 차림으로 문 곁에 서서 팸플릿 뭉치를 손에 쥔 남자와 이야기를 나누고 있었다. 남자는 마르고 누런 얼굴색을 하고 있었다. 에드워드는 잠깐 동안 그녀가 간호사라고 생각했다. 막연하고 관습적인 사고방식으로 그는 간호사들이 관능적이라고 여겼는데, 간호사들은 남자의 몸과 욕구에 대해 이미 다 알고 있는 존재들이라고 즐겨 공상했기 때문이었다. 그가 길거리나 상점에서 마주친 여느 여자들과는 다르게 그녀는 시선을 피하지 않았다. 눈빛에는 장난기와 익살이 가득했지만 어딘가 따분한 듯했고 기분전환을 원하는 것 같았다. 기묘한 얼굴이었다. 분명 아름다운 얼굴이었지만 그것은 조각상 같은 튼튼한 골격에서 비롯된 아름다움이었다. 어두컴컴한 홀에서 유일하게 빛이 들어오는 그녀 오른편의 높다란 창문에 비친 그녀의 얼굴은 손으로 새긴 가면처럼 정열적이고 평온하면서도 마음을 읽기가 힘들었다. 그는 머뭇거리지 않고 곧장 안으로 들어갔다. 무슨 말을 할지도 모르면서 그녀를 향해 다가가고 있었다. 그는 남에게 먼저 말을 거는 데는 어처구니없을 정도로 서툴렀다.

그녀는 다가오는 그의 모습을 눈여겨보고 있다가 웬만큼 가까워지자 친구가 들고 있던 팸플릿 뭉치에서 하나를 건네주며 말을 걸었다.

"보시겠어요? 옥스퍼드에 상륙한 수소폭탄 얘기예요."

팸플릿을 건네주는 그녀의 손가락이 그의 손목 안쪽을 스치고 지나갔다. 분명 우연은 아니었다. 그는 대답했다.

"흔치 않은 읽을거리 같은데요."

그녀와 함께 있던 남자는 불쾌하다는 듯 그가 떠나길 기다리고 있었다. 하지만 에드워드는 그 자리에 남았다.

*

그녀 역시 집에서 안절부절못하고 있었다. 부모님의 집은 빅토리아 시대 때 지어진 고딕 양식의 커다란 빌라로, 걸어서 십오분만 가면 밴버리 가로 이어졌다. 온종일 푹푹 찌는 더위 속에서 기말 시험지를 채점하던 그녀의 어머니 바이얼릿은 음계와 아르페지오의 반복, 더블스토핑 연습, 암기 테스트와 같은 플로렌스의 정기적인 연습 일과에 진저리를 쳤다.

"얘야, 난 아직 일이 안 끝났단다. 끽끽대는 건 차 마신 뒤로 미뤄줄 수 없겠니?"

바이얼릿은 이렇게 "끽끽댄다"는 표현을 즐겨 사용했다. 물론 어머니로서 애정 어린 농담이었다. 하지만 평소와는 달리 그 주 내내 짜증이 나 있던 플로렌스는 어머니가 그녀의 일을 인정하지 않을 뿐 아니라 음악 자체를 싫어하며, 따라서 자신까지도 싫어한다는 또다른 증거로 받아들였다. 그녀는 어머니에게 미안한 마음을 가져야 한다는 것을 잘 알고 있었다. 어머니는 심각한 음치여서 노래를 단 한 곡도 알아듣지 못했다. 영국 국가조차도 제대로 알아듣지 못해서, 〈해피 버스데이〉와 구분하려면 가사에 귀를 기울여야만 하는 형편이었다. 한 음이 다른 음보다 높은지 낮은지조차 구분할 수 없는 그런 사람들 중 하나였다. 이는 평발이나 언청이만큼 불행한 장애였지만, 켄징턴에서 상대적인 자유를 경험하고 돌아온 플로렌스는 집 안 생활이 어딘가 모르게 억압적이라는 생각을 하기 시작한 참이었고, 그래서 어머니에게 동정심을 발휘할 수가 없었다. 예를 들어, 이제는 매일 아침 침대를 정리하는 일에도 신경 쓰지 않으려 했다. 늘 해오던 일이었지만 아침식사 때마다 했는지 안 했는지 심문당하는 게 불쾌했기 때문이었다.

한동안 떨어져 지내고 난 뒤엔 종종 그랬듯이 아버지는 그녀의 복잡한 감정을 자극했다. 아버지의 생김새에 기분이 상해서 꼴도 보기 싫었던 적도 여러 번 있었다. 빛나는 대머리, 작고 흰 손, 사업을 키워서 훨씬 더 많은 돈을 벌겠다는 줄기찬 계획들.

그리고 괴상하게 강세를 주며 달래기도 하고 명령하기도 하는 고음의 목소리. 풀 항구에 정박해놓은 '슈거 플럼'이라는 웃기는 이름의 보트에 대해 신나게 늘어놓는 자랑도 딱 질색이었다. 새로운 종류의 돛이나 육지와 연락 가능한 무전기, 특별한 요트 광택제 등에 대한 설명도 귀에 거슬렸다. 아버지는 종종 그녀를 바다에 데리고 나갔는데, 열두 살, 열세 살 땐 단둘이서 셰르부르 근처에 있는 카르트레까지 횡단한 적도 여러 차례 있었다. 하지만 부녀는 그때 했던 여행 이야기는 절대 꺼내지 않았다. 아버지가 그것에 대해 통 묻질 않아서 그녀도 다행이라고 생각했다. 하지만 이따금 보호본능과 죄의식에서 비롯된 사랑이 밀려올 때면, 그녀는 앉아 있는 아버지의 등 뒤로 다가가서 목에 팔을 휘감고는 머리 꼭대기에 키스를 하고 아버지의 깨끗한 냄새에 코를 비벼댔다. 그리고 그러고 난 뒤에는 그런 자신을 혐오했다.

여동생 루스의 새로 입에 붙은 코크니* 말투와 일부러 엉터리로 두들겨대는 피아노 연주도 그녀의 신경을 건드렸다. 루스가 사박자 한 소절도 제대로 못 맞추는 척하고 있는데 어떻게 아버지의 요구대로 수자의 행진곡을 연주할 수 있겠는가?

늘 그랬듯이, 플로렌스는 가족에게 자신의 감정을 감쪽같이

---

* 런던 하층민이 주로 쓰는 사투리.

숨겼다. 딱히 노력이 필요한 일도 아니었다. 내색하지 않을 수만 있다면 늘 그냥 방을 나와버렸고, 나중엔 부모님과 여동생에게 심한 말이나 상처 주는 말을 하지 않았다는 사실만으로도 다행이라 여겼다. 하지만 그러지 못했을 때는 밤새 죄책감에 사로잡혔다. 그녀는 자신이 가족을 얼마나 사랑하는지 늘 스스로에게 상기시켰고, 그렇게 자신을 속임으로써 더 완벽하게 침묵에 빠져들었다. 그녀는 사람들이 흔히 아주 심하게 싸운 뒤에도 곧 화해한다는 사실을 잘 알고 있었다. 하지만 시작을 어떻게 해야 할지 요령을 몰랐다. 그녀는 분위기를 일시에 바꿔놓을 수도 있는 그런 싸움을 할 줄 몰랐고, 심한 말이 취소되거나 잊혀질 수 있다는 사실을 절대 믿지 못했다. 뭐든 그냥 그대로 놔두는 게 최고였다. 그녀는 신문 만화에 등장하는, 귀에서 김을 뿜어내는 만화 캐릭터처럼 열이 올라올 때조차 그저 자신을 탓할 수밖에 없었다.

그리고 그녀에겐 다른 걱정거리도 있었다. 지방 오케스트라의 한직에 지원해야 하는 것일까? 사실 그녀는 본머스 심포니에 입단할 수만 있어도 엄청난 행운이라 여겼을 터였다. 아니면 한 해 더 부모님에게, 아니 실제로는 아버지에게 빌붙어 현악 사중주단을 꾸리고 첫 계약을 할 때까지 기다려봐야 할까? 그러려면 런던에서 생활해야 될 텐데 아버지 제프리에게 돈을 더 달라고 하는 건 내키지 않았다. 첼리스트인 찰스 로드웨이가 자기 부모님 집의 빈 방을 빌려주겠다고는 했었다. 하지만 악보대 너머로 집요하고 의미심장한 눈길을 보내는 그는 늘 시무룩하게 생각에 잠겨 있는데다 욱하는 성미를 가진 남자였다. 그와 함께 살면 늘 그의 그늘 안에 있게 될 터였다. 그녀가 원하기만 한다면 남부 런던의 한 허름한 그랜드 호텔에서 연주하는 팜 코트 스타일*의 삼중주단과 정식으로 일할 수도 있었다. 그녀는 그곳에서 연주해야 할 음악의 종류에 대해서는 조금도 거리끼는 마음이 없었지만—어차피 아무도 듣지 않을 테니까—어떤 본능에선지 혹은 단순한 속물근성에선지는 몰라도 자신이 크로이든이나 그 근처에서는 살 수 없다는 확신이 들었다. 그녀는 결국 대학 성적에 따라 마음을 결정하게 될 것이라고 스스로를 설득했다. 그래서 동쪽으로 십오 마일 떨어진, 숲이 우거진 구릉지대에 살고 있던 에드워드처럼, 그녀도 일종의 대기실에서 자신의 인생이 시작되길 초조하게 기다리면서 하루하루를 보내고 있었다.

대학에서 돌아온 플로렌스는 이제 어린 여학생이 아니었고 여러모로 성숙했지만 가족들은 아무도 이런 변화를 알아채는 것

* 팜 코트는 호텔에 딸린 야자수로 장식된 큰 방이나 옥외 테라스를 일컫는 말로, 이런 곳에서 연주되는 가벼운 음악을 팜 코트 스타일의 음악이라고 불렀다.

같지 않았다. 그녀는 부모님의 정치적 견해에 다소 논란의 여지가 있다는 것을 깨닫기 시작했는데, 저녁식사 자리에서나 기나긴 여름 밤 동안 두서없이 계속되는 논쟁들 속에서 적어도 이 부분에 대해서는 대놓고 이의를 제기하기로 했다. 그래서 일종의 해방감을 맛보기도 했지만 이런 대화들 때문에 평소의 조바심이 더 커지기도 했다. 바이얼릿은 딸이 핵군축운동에 가입했다는 데 순수한 관심을 보였지만, 플로렌스는 철학자 어머니의 그런 관심이 여간 고통스럽지 않았다. 그녀는 어머니의 침착함 때문에, 아니 더 정확히 말하면 어머니가 딸의 얘기를 다 들어주고 나서 자신의 의견을 피력할 때 짐짓 꾸며내 보이는 슬픈 감정 때문에 약이 올랐다. 어머니는 소비에트연방은 무자비하고 잔인한 독재국가이고, 규모로는 나치 독일을 능가하는 대량학살을 자행했고, 아무도 그 실체를 전부 파악하지 못한 거대한 정치수용소 망을 만든 책임이 있다고 했다. 또 공개재판이나 검열, 법치의 부재 등에 대해서도 한마디 했다. 소비에트연방은 인간의 존엄성과 기본 권리를 짓밟았고, 지금도 이웃 나라의 숨통을 조이고 있는 점령세력일 뿐 아니라—바이얼릿의 대학 동료 중엔 헝가리아인과 체코인이 있었다—확장주의를 신봉하기 때문에 히틀러처럼 똑같이 무찔러야 할 집단이었다. 또 북독일 평원을 수호할 탱크와 인력이 없어서 소비에트연방을 무찌를 수 없다면, 그땐 적어도 그들의 침략을 단념시키기라도 해야 했다. 두어 달 후면 어머니는 베를린 장벽을 가리키며 공산주의 제국은 이제 하나의 거대한 감옥이다, 라는 하나의 완벽한 사실을 주장할 터였다.

플로렌스는 마음속으로 소비에트연방이 그 모든 실수들—사악한 의도가 있다기보다는 분명 서투르고 비효율적이고 방어적이기 때문에 범한—에도 불구하고, 본질적으로 세상에 유익한 세력이라고 생각했다. 소비에트연방은 억압받는 사람들을 해방시키고 파시즘과 탐욕스러운 자본주의의 파괴행위에 늘 맞서 왔으며 지금도 그러했다. 나치 독일과의 비교는 한마디로 역겨웠다. 그녀는 어머니의 견해에서 친미주의의 전형적인 패턴을 보았고 그런 어머니한테 실망했으며, 그랬다고 직접 대놓고 말하기까지 했다.

그리고 그녀의 아버지는 사업가에게 기대할 만한 딱 그런 정도의 견해를 가지고 있었다. 아버지의 단어 선택은 와인 반 병으로 신랄해지곤 했는데, 그에 따르면 헤럴드 맥밀런은 싸워보지도 않고 제국을 포기하려는 멍청이, 노동조합에 임금억제를 가하지 않는 지독한 멍청이, 유럽인들에게 가서 제발 그들의 사악한 클럽에 끼어달라고 굽실거릴 생각이나 하는 한심하고 지독한 멍청이였다. 플로렌스는 제프리에게 맞서는 쪽이 훨씬 더 어렵다는 것을 깨닫게 되었다. 아버지에 대한 거북한 의무감을 절대 떨쳐낼 수가 없었다. 그녀는 어릴 적부터 남자형제, 즉 아들에게나 향했을 법한 아버지의 지대한 관심을 특권 삼아 누렸다. 작년 여름, 아버지는 그녀가 스물한 살 생일이 되면 곧바로 운전면허시험에 도전해볼 수 있도록 험버에서 일을 마치면 정기적으로 그녀를 데리고 나갔다. 하지만 그녀는 시험에 떨어졌다. 다섯 살 때부터 받은 바이올린 레슨, 특수학교의 여름강좌, 스키와 테니스 레슨, 그리고 반항하며 거부했던 비행 레슨 등등. 그리고 여행이 있었다. 부녀가 단둘이서 알프스 산맥, 시에라네바다 산맥, 피레네 산맥을 등반하고 나면 특별한 파티가 있었고, 유럽의 도시로 하룻밤 출장을 갈 때도 그녀와 제프리는 늘 가장 큰 호텔에 묵었다.

플로렌스는 사소한 가사일로 어머니와 무언의 신경전을 벌이고 난 뒤, 정오가 지나 집을 나섰다. 바이얼릿은 특히 딸애의 세탁기 사용방식을 영 못마땅해했다. 집을 나서면서 그녀는 편지 부치러 간다, 점심은 안 먹을 거다, 라고 말했다. 그녀는 밴버리가에서 남쪽으로 방향을 틀어 시내로 향했다. 지붕 있는 시장을 배회하리라, 그러다 어쩌면 옛날 학교 친구와 마주칠지도 모른다는 막연한 기대를 품고서 말이다. 아니면 롤빵을 사서 크라이스트처치의 풀밭으로 가서 강가 그늘에 자리 잡고 먹는 것도 괜찮으리라. 그녀는 성 자일스에서 십오 분 후에 에드워드가 보게 될 그 표지를 보곤 아무 생각 없이 그곳으로 걸어들어갔다. 그녀의 마음속엔 온통 어머니 생각뿐이었다. 여학생 기숙사에서 애정이 넘치는 친구들과 그렇게 많은 시간을 보내고 난 뒤 집에 와 보니 어머니가 신체적으로 얼마나 소원한 사람인지 알 수 있었다. 어머니는 플로렌스에게 키스하거나 안아준 적이 단 한 번도 없었다. 아주 꼬맹이였을 때조차도. 바이얼릿은 딸을 만져본 일이 거의 없었다. 어쩌면 플로렌스 쪽도 마찬가지였을 것이다. 어머니는 마르고 뼈만 앙상했고, 플로렌스도 딱히 어머니의 따뜻한 손길을 목말라하지 않았다. 그리고 이제 다시 관계를 시작하기엔 너무 늦었다.

햇볕에서 물러나 홀을 향해 걸어들어가는 몇 분 사이에 플로렌스는 건물 안에 들어선 게 실수였다는 사실을 깨달았다. 시야가 어둠에 적응한 뒤, 그녀는 애시몰린 박물관의 은식기를 구경할 때처럼 심드렁하게 주위를 둘러보았다. 갑자기 마른 체격에 안경을 쓴, 스물두 살의, 이름은 기억나지 않지만 노스 옥스퍼드 쪽에 사는 한 남자가 그녀를 붙잡았다. 그는 다짜고짜 옥스퍼드에 수소폭탄 한 개가 떨어지게 되면 어떤 일이 벌어질지에 대해 늘어놓기 시작했다. 거의 십여 년 전, 그들이 둘 다 열세 살이었을 때, 남자는 새 발명품인 TV 수상기를 자랑하려고 그녀를 세

블록밖에 안 떨어진 파크 타운의 자기 집에 초대한 적이 있었다. 그녀가 TV를 본 것은 그때가 처음이었다. 돋을새김의 마호가니 문틀을 댄 뿌연 회색의 작은 스크린 속에서 한 남자가 턱시도를 입은 채 책상 앞에 앉아 있는 모습은 마치 눈보라 속에 갇힌 듯 보였다. 플로렌스는 별 장래성 없는 웃기는 발명이라고 생각했지만 그 뒤로 쭉 이 남자—존? 데이비드? 마이클?—는 그녀가 그에게 우정의 빚이라도 졌다고 믿어온 모양인지, 지금 여기 다시 나타나 그것을 받아내려 하고 있었다.

그가 옆구리에 끼고 있는 이백 장의 팸플릿은 옥스퍼드의 운명에 대해 말하고 있었다. 그는 그녀가 팸플릿 배포를 도와주길 바랐다. 그가 몸을 기울이자 진한 헤어크림 냄새가 얼굴을 휘감았다. 희미한 빛 속에서 그의 종잇장 같이 얇은 피부는 황달이라도 든 양 누런색을 띠었고, 두꺼운 렌즈에 가려진 두 눈은 가늘게 째진 검은 구멍 같았다. 남한테 무례하게 굴지 못하는 플로렌스는 짐짓 표정을 바꾸어가며 주의 깊게 듣는 척했다. 키 크고 마른 남자들에게는 간혹 매혹적인 구석이 있는데, 골격과 울대뼈가 피부 아래 너무도 적나라하게 드러나는 모습이라든가 새 같은 얼굴, 육식동물처럼 굽은 등이 그랬다. 그가 지금 설명하고 있는 폭탄 구멍은 지름이 반 마일에 깊이는 백 피트쯤 될 거랬다. 또 그는 방사능 때문에 만 년 동안은 아무도 옥스퍼드에 접근할 수 없을 거라고도 했다. 그의 설명은 슬슬 메시아의 메시지처럼 들리기 시작했다. 하지만 사실 바깥세상의 아름다운 도시는 초여름의 무성한 잎들로 만개해 있었고, 태양은 당밀빛을 띤 코츠월드 바위*를 데우고 있으며, 크라이스트처치 풀밭은 눈부시게 빛나고 있을 터였다. 에드워드가 그녀를 향해 다가왔을 때는 그녀가 젊은 남자의 좁은 어깨 너머로 홀 안의 어둠 속에서 웅성거리며 의자를 배열하고 있는 형체들을 넘겨다보던 바로 그 때였다.

여러 주가 흐르고, 여느 날처럼 무더운 어느 날 두 사람은 처월 강에서 펀트를 타고 비키 암스**까지 거슬러 올라갔다가 보트하우스 쪽으로 다시 흘러내려왔다. 오는 길에 그들은 산사나무 숲에 정박해서 그늘이 깊게 드리워진 강둑에 드러누웠다. 에드워드는 등을 대고 누워 풀잎을 질겅질겅 씹었고 플로렌스는 그의 팔을 베고 있었다. 대화가 잠시 끊긴 사이, 그들은 잔물결이 배 밑을 두드려대는 소리와 밧줄을 매어둔 나무 그루터기에 배가 부딪히면서 내는 둔탁한 소리에 귀를 기울였다. 이따금 가냘픈 산들바람이 실어오는 밴버리 가의 경쾌한 차 소리를 들으면

* 영국 코츠월드 언덕에서 채석되는 노란색의 어란(魚卵) 모양 석회암으로, 이 돌로 지은 집의 색이 바래면 흔히 당밀색이나 황금색으로 묘사된다.

** 처월 강변에 있는 유명한 선술집.

마음이 차분해지곤 했다. 한 소절 한 소절 집요하게 반복하며 어지러이 노래하던 지빠귀 한 마리는 폭염에 결국 노래를 포기했다. 에드워드는 임시직으로 여러 가지 일을 하고 있었는데 주로 크리켓 클럽에서 잔디를 관리하는 일을 했다. 플로렌스는 사중주단에 모든 시간을 쏟아붓고 있었다. 함께하는 시간을 마련하기가 늘 쉽지 않았고, 그랬기 때문에 그 시간이 더욱 소중했다. 이날은 운 좋게 시간을 맞춘 토요일 오후였다. 여름이 절정에 다다라 막바지로 치닫는 날 중 하나라는 것을 두 사람은 느꼈다. 벌써 초가을이 가까이 다가와 있었고, 나뭇잎과 풀잎도 아직은 확실히 푸르렀지만 그래도 어딘가 지친 기색이 역력했다. 대화는 다시 그때의 순간, 이젠 둘만의 은밀한 신화로 풍요로워진, 그들이 처음 서로에게 눈길을 두었던 그때로 돌아갔다.

몇 분 전 에드워드가 던진 질문에 마침내 그녀가 대답했다.

"왜냐면 당신이 재킷을 입고 있지 않았거든."

"그때 내가 뭘 입었지?"

"음…… 헐렁헐렁한 흰 셔츠에 양 소매를 팔꿈치까지 감아올렸고, 아랫단은 거의 너덜너덜했고……"

"말도 안 돼."

"그리고 무릎을 덧댄 회색 플란넬 바지에 발가락이 삐져나오기 시작한 지저분한 운동화. 그리고 거의 귀를 덮은 긴 머리."

"다른 이유는?"

"약간 거칠어 보였지. 꼭 싸움이라도 하다 온 사람처럼."

"아침 내내 자전거를 탔었거든."

그녀는 그의 얼굴이 더 잘 보이도록 한쪽 팔꿈치를 대고 몸을 일으켰다. 그들은 서로의 눈을 응시했다. 민망하거나 사리는 마음 없이 일 분여 동안 다른 성인의 눈을 계속 들여다본다는 것은 그들에겐 아직도 새롭고 현기증 나는 경험이었다. 그는 이제 그들이 섹스에 아주 근접했다고 생각했다. 그녀는 그의 입에서 풀잎을 빼냈다.

"당신 정말 촌놈 같아."

"계속 말해줘. 그리고 또 뭐?"

"좋아. 당신은 문가에 서서 마치 그곳 주인인 양 모든 사람들을 둘러봤거든. 거만하게. 아니, 내 말은, 대담하게."

이 말에 그가 소리 내어 웃었다.

"하지만 난 나 자신한테 짜증이 나 있었어."

"그때 나를 본 당신은," 플로렌스가 말했다. "나한테 눈싸움을 걸기로 결심했지."

"그렇지 않아. 당신이 나를 힐끗 쳐다보고서 두 번 다시 눈길을 줄 필요가 없다고 생각한 거지."

그녀가 그에게 키스했다. 깊은 키스가 아니라 감질 나는 키스를. 적어도 그의 생각으로는 그랬다. 이 초기 시절에 그는 그녀가 근사한 집안 출신의 그 유명짜한 여자들 가운데 하나이고, 그와 갈 데까지 가길 원하고 또 곧 실제로 그렇게 될 가능성이 아주 조금은 있다고 생각했다. 물론 야외에서, 이 사람 저 사람이 지나다니는 강변에서는 아니고.

그는 그녀를 가까이 끌어당겼다. 서로 코가 거의 닿아 둘의 얼굴에 그림자가 드리울 때까지. 그가 말했다.

"그래서 첫눈에 반한 거라고 생각했어?"

가벼운 마음으로 놀리는 말투였지만 그녀는 그의 말을 진지하게 받아들이기로 했다. 가끔씩 자신이 지금 어디로 가고 있는지 궁금하긴 했지만, 그녀가 마주해야 할 불안은 아직 저 멀리에 있었다. 한 달 전 그들은 사랑에 빠졌다고 서로에게 고백했다. 마음 설레는 일이었다. 그 직후 그녀는 반쯤 깬 상태로 하룻밤을 지새웠다. 자신이 성급했다고, 뭔가 중요한 것을 포기했다고, 사실은 자기 것이 아닌 뭔가를 줘버린 듯한 막연한 불안감에 시달렸다. 하지만 그것은 동시에 진정으로 흥미진진하고, 새롭고, 자랑스럽고, 깊은 위안을 주었다. 그녀는 거기에 저항할 수 없었다. 누군가와 사랑에 빠지고, 또 그렇다고 말하는 것은 일종의 해방과도 같았다. 그녀는 더 깊이 빠져들 수밖에 없었다. 여름의 이 마지막 날들 중 하루, 졸음이 쏟아지는 무더위 속에서, 강둑에 앉아 지금 그녀는 그가 그 회의실 입구에서 걸음을 멈췄던 순간에 대해, 자신이 그에게 시선을 돌렸을 때 무엇을 보았고 무엇을 느꼈는지에 대해 곰곰 생각하고 있었다.

기억을 더 자세히 떠올리기 위해 그녀는 몸을 곧게 펴고 그의 얼굴에서 시선을 돌려 느릿느릿 흐르는 부연 초록 강을 바라보았다. 그때 갑자기 평온이 깨어졌다. 바로 위 상류에서 익숙한 광경이 펼쳐지고 있었다. 인원이 초과된 두 척의 펀트가 물살을 따라 떠내려오다가 만곡부를 돌면서 구십도 각도로 뒤엉키더니, 으레 질러대는 비명에 해적 같은 함성, 물 튀기기를 해가며 서로 밀어내기 시합을 벌이고 있었다. 과장되게 괴짜 행세를 하는 대학생들을 바라보며 그녀는 이곳을 뜨고 싶다는 생각을 되새겼다. 고등학생이었을 때부터도 그녀와 친구들은 대학생들을 골치아픈 방해물, 고향 마을에 침입한 미숙아들로 간주했다.

그녀는 기억에 더 집중하려고 애썼다. 그의 옷차림도 특이했었지만, 그녀가 주목하는 건 그의 생김새였다. 사려 깊고 섬세한 타원형 얼굴에 높은 이마, 길게 아치를 그린 짙은 눈썹, 그리고 마치 자신이 실제로 방 안에 있는 게 아니라 그 방을 상상하고 있으며 그녀도 자신의 상상 속 존재라는 듯, 모임을 둘러보다가 그녀에게서 정지할 때까지 흔들림이 없었던 그의 시선. 기억은 제멋대로였다. 기억은 그때까지 그녀가 미처 감지하지 못했던 것, 옥스퍼드 지역 사투리에 가까우면서도 어딘가 서부지방 냄새가 풍기는, 그의 목소리에 섞인 희미한 시골 콧소리를 떠올려냈다.

그녀는 그에게 다시 몸을 돌렸다.

"당신이 어떤 사람일까, 호기심이 생겼었지."

하지만 그것은 호기심보다 훨씬 더 막연한 것이었다. 당시엔 자신의 호기심을 만족시켜야겠다는 생각조차 들지 않았다. 그녀는 그와 곧 다시 만나게 될 거라든가 아니면 그런 만남을 가능하게 만들기 위해 자신이 뭘 해야 한다든가 하는 생각을 전혀 하지 않았다. 마치 그녀의 호기심은 그녀 자신과 아무런 상관이 없는 듯했다. 그녀가 그 홀에서 놓친 것은 바로 그녀 자신이었다. 그녀는 사랑에 빠짐으로써 자신이 얼마나 유별난지, 나날의 생각 속에 갇혀 사는 자신의 습관이 얼마나 강한지 정확히 알게 되었다. 에드워드가 기분은 어때? 무슨 생각해? 하고 물을 때마다 그녀는 늘 서툰 대답만 했다. 다른 사람들은 모두 가지고 있는 간단한 심리적 반응, 너무나 평범한 것이라서 누구도 언급하지 않았던, 감각을 통해 사람과 사건, 그리고 자신의 욕구와 욕망을 즉시 인지하는 능력이 자신에겐 결핍되어 있음을 발견하는 데 이렇게나 오래 걸렸던 것이다. 그녀는 요 몇 년 동안 쭉, 자기 안에 고립된 상태로 살아왔고, 또 희한하게도 시선을 자신에게서 다른 곳으로 돌리고 싶다는 욕망이나 그렇게 해보겠다는 용기가 전혀 생기지 않았다. 그녀와 에드워드의 문제는 묵직한 들보가 나지막이 가로지르고 돌바닥이 깔린 그 소리 울리는 홀에서 만난 최초의 그 몇 초에, 그들이 처음으로 교환한 그 시선 속에 이미 내재되어 있었던 것이다.

*

그는 1940년 칠월에 태어났다. 영국본토 공방전*이 발발한 그 주였다. 나중에 그의 아버지 라이어넬은 입버릇처럼 말하곤 했다. 그해 여름, 역사는 에드워드의 모국어를 독일어로 할 것인지 말 것인지 결정하느라 두 달 동안 숨을 죽이고 있었다고. 열 번째 생일 즈음이 되어서야 그는 아버지의 말이 그저 하나의 화법에 지나지 않았음을 깨닫게 되었다. 일례로, 점령당한 프랑스 전역의 아이들은 계속해서 프랑스어로 말하고 있었으니까. 터빌 마을 위로 솟은 널찍한 산등성이 위에 숲과 공유지를 빙 두르며 시골집들이 드문드문 흩어져 있는 터빌 히스는 마을이라기엔 좀

* 2차 대전 때 제공권을 둘러싼 영국과 독일 간의 공군전.

작았다. 1930년대 말 무렵, 스프롤 현상*의 침범을 받았던, 런던에서 삼십 마일 떨어진 외곽 지역인 칠턴 언덕 북동단端은 이제는 어엿한 교외의 낙원이었다. 물론 언젠가는 고속도로의 자동차들과 트럭들이 물밀듯이 밀려내려와 석회지대에 난 지름길을 통과하며 버밍엄 쪽으로 빠지게 되겠지만, 남서쪽 끝, 비컨 힐 남단의 땅은 아직 딱히 변한 게 없었다.

메이휴 가 바로 근처엔 웜슬리 계곡이 있었다. 너도밤나무 숲을 가로지르는, 골이 깊고 심하게 비탈진 오솔길을 내려가면 스피니 농장이 나오는데 바로 그 옆이었다. 지나가던 한 작가가 "고색창연한 아름다움"이라고 일필하기도 했던 웜슬리 계곡은 페인즈라는 이름의 한 농장 가문이 수백 년 동안 소유했었다. 1940년, 시골집들에선 아직도 우물에서 물을 길어다 자기 집 물탱크를 채우고 있었다. 온 나라가 히틀러의 침략에 대비하던 와중에 마을에서는 에드워드의 탄생을 응급상황, 즉 긴급한 위생사태로 여겼다는 이야기는 가족 사이에 전해내려오는 전설 중 하나였다. 런던 대공습이 한창 시작되었음에도 불구하고 그해 구월, 마을 남자들—나이 지긋한 이들—이 곡괭이와 삽을 들고 찾아와 노스엔드 가의 물길을 집까지 끌어들여준 것이다.

* 대도시 주변에 있는 시골 지역으로 도시와 그 교외가 확장되는 현상.

라이어넬 메이휴는 헨리의 한 초등학교 교장이었다. 이른 아침이면 자전거로 오 마일을 달려 출근했고, 일과가 끝나면 핸들 앞에 달린 고리버들 바구니 속에 과제물이며 서류 같은 것들을 잔뜩 쌓아올린 채 자전거를 끌고 가파른 긴 언덕을 올라 잡초가 무성한 공터까지 걸어서 돌아왔다. 쌍둥이 딸들이 태어난 해인 1945년에는 크리스마스 커먼에 사는, 대서양 해전에서 전사한 한 해군 장교의 미망인에게서 십일 파운드를 주고 중고차 한 대를 샀다. 밭 가는 말과 손수레 사이를 비집고 자동차가 저 좁은 석횟길을 달리는 모습은 보기 드문 광경이었다. 하지만 휘발유 배급 때문에 부득불 다시 자전거에 올라타야 하는 날들이 이어졌다.

1950년대 초, 라이어넬의 귀가 후 모습은 전문직에 종사하는 남자의 전형적인 일과라고 보기 어려웠다. 그는 집에 오면 곧장 서류를 들고 개인 사무실로 사용하는, 현관 곁에 위치한 손바닥만한 응접실로 향했다. 이곳은 집에서 유일하게 정돈된 방이었고, 그에게는 가정환경으로부터 자신의 일을 보호하는 것이 매우 중요했다. 그러고 나서는 아이들인 에드워드, 앤, 해리엇을 차례로 점검했다. 아이들은 모두 노스엔드에 있는 마을 학교에 다녔고 방과 후에는 자기들끼리 걸어서 집으로 돌아왔다. 그리고 몇 분 동안 아내 마조리와 둘만의 시간을 보낸 뒤 부엌에 가서 차를 준비하고 식탁을 준비했다.

가사노동은 주로 저녁식사가 준비되는 이 시간 동안에 이루어졌다. 아이들도 웬만큼 나이를 먹은 뒤부터는 어느 정도 거들긴 했지만 사실 하나마나였다. 빗자루질은 늘 잡동사니로 뒤덮이지 않은 맨 바닥 부분만 되어 있었고, 말끔하게 준비된 것은 다음 날 바로 필요한 물건들—주로 옷과 책—뿐이었다. 침대 정돈을 하는 일은 전혀 없었고, 시트를 가는 일도 거의 드물었고, 비좁고 추운 화장실에 달린 세면기는 늘 더러워서 딱딱해진 회색 더께에 손톱으로 이름을 새길 수 있을 정도였다. 부엌 화덕에 쓸 석탄 들여놓기, 겨울에 거실 난롯불을 꺼뜨리지 않고 계속 때기, 아이들 학교 갈 때 입힐 깨끗한 옷 찾기 등, 당장 시급한 것들을 제때 제때 처리하기도 힘들었다. 빨래는 일요일 오후에 했는데 구리 욕조에 불을 지펴야 했다. 비라도 올라치면 집 안의 온 가구에 젖은 빨래가 널브러져 있었다. 다림질은 라이어넬에게 벅찬 일이었기 때문에 모든 빨래는 그냥 손으로 잘 펴서 개켰다. 가끔 이웃 사람이 와서 파출부 일을 했지만 오래 버티는 사람이 없었다. 일의 규모가 너무 컸고, 또 이들 동네 부인에게도 각자 감당해야 할 가정이 있었기 때문이다.

메이휴 네 사람들은 혼돈에 가까운 부엌에 포위된 접이식 소나무 식탁에서 식사를 했다. 설거지도 늘 나중으로 미뤘다. 모두에게 잘 먹었다는 인사를 듣고 나면 마조리는 자기만의 야심찬 계획에 빠져들었고, 그 사이 아이들은 먹은 것을 치운 뒤에 숙제를 하려고 식탁에 책을 가져왔다. 라이어넬은 서재에 가서 연습장에 표시를 하거나 행정업무를 처리했고, 담배 한 대를 피우면서 라디오 뉴스를 들었다. 그러다 한 시간 반쯤 후에 다시 나와 아이들이 숙제 잘하고 있는지 확인하고 잠자리를 봐주었다. 그는 늘 에드워드와 쌍둥이 딸들에게 각각 다른 이야기책을 읽어주었다. 아이들은 종종 아래층에서 그가 설거지하는 소리를 들으며 잠에 곯아떨어졌다.

아버지는 온순한 사람이었다. 농장 인부 같은 땅딸막한 체격에 우윳빛 도는 푸른 눈, 엷은 갈색머리, 짧은 군인 콧수염을 하고 있었다. 그는 나이가 많아 전쟁에 소집되지 않았다. 에드워드가 태어났을 때 이미 서른여덟 살이었다. 그는 여느 아버지들처럼 아이들에게 언성을 높이거나 손으로 혹은 혁대로 때리는 짓은 거의 하지 않았다. 그는 아이들에게서 순종을 기대했고, 아이들도 아버지가 짊어진 무거운 책임을 감지했는지 순순히 잘 따랐다. 엄격하게 질서 잡힌 자기만의 영역을 주도하는 앞치마 두른 상냥한 어머니들이 있는 다른 친구들 집도 많이 보았지만, 결국 아이들은 그들의 상황을 점차 당연한 것으로 받아들이게 되었다. 에드워드와 앤, 해리엇은 자신들이 친구들보다 불행하다는 생각은 전혀 하지 않았다. 라이어넬 혼자 그 모든 짐을 지고 있었던 것이다.

열네 살이 되어서야 에드워드는 어머니한테 뭔가 문제가 있다는 사실을 완전히 이해했다. 정확한 시점은 기억나지 않았지만 그의 어머니는 그의 다섯 살 생일 무렵에 돌변했다. 여동생들처럼 그도 서서히 어머니의 정신착란이라는 그다지 놀랍지 않은 상황에 익숙해져갔다. 어머니는 유령 같은 사람이었다. 그들의 유년기를 헤집고 다녔듯이 온 집안을 정처 없이 돌아다니는, 헝클어진 갈색 머리를 한 수척하고 온화한 유령이었다. 어떤 때는 수다스럽고 자애롭기까지 하다가도, 어떤 때는 자신의 취미나 야심찬 계획에 빠져 무심하게 굴었다. 어머니가 내는 소리는 어느 때고 들을 수 있었다. 한밤중에도 언제나 똑같은 그 간단한 피아노곡을 더듬거리며 쳤고 늘 같은 소절에서 주춤했다. 그리고 이따금씩 정원에서 전에 자신이 옹색한 잔디밭 정중앙에 만들어놓은 그 볼품없는 화단 주위를 어슬렁거렸다. 그림 그리기, 특히 전경에 나무들을 배치하고 멀리 언덕, 교회 첨탑 등의 풍경을 담은 수채화를 그릴 때면 총체적인 혼란이 일어났다. 어머니는 붓을 씻는다든가 잼 단지에서 푸르딩딩한 물을 비워낸다든가 물감과 걸레를 치워둔다든가 하는 법이 절대로 없었다. 뿐만 아니라 자신의 다양한 결과물들을 모아두기는커녕 단 한 번도 제대로 완성한 적이 없었다. 그림에 빠지는 발작이 가라앉은 지 한참 지난 뒤에도 며칠 동안 여전히 작업복을 입고 있었다. 또다른 활동은—언젠가 작업 치료의 일종으로 의사가 제안했던 모양인데—잡지에 실린 그림을 오려 스크랩북에 풀로 붙이는 것이었다. 어머니는 집 안을 돌아다니며 작업하는 걸 좋아했다. 그냥 내버린 오려낸 종이들이 사방에서 밟히고, 마루널 사이에 낀 먼지 속으로 끼어들어갔다. 풀칠할 때 쓰는 붓은 의자나 창문턱에 버려둔 뚜껑 열린 병 속에서 딱딱하게 굳어갔다.

마조리의 다른 관심사 중 하나는 거실 창가에 앉아 새를 지켜보는 것이었다. 뜨개질이나 수놓기를 하면서, 혹은 꽃꽂이를 하면서. 이 모든 일들은 몽환적이고 혼돈스러운 상태에서 집요하게 행해졌다. 그녀는 대체로 조용했지만, 이따금 뭔가 힘든 일을 할 때면 혼자 중얼거리곤 했다. "괜찮아…… 괜찮아…… 괜찮아……"

과연 어머니는 행복할까, 하고 자문해볼 생각이 에드워드에겐 전혀 떠오르지 않았다. 그녀는 분명 불안과 공황발작에 시달릴 때가 있었다. 그럴 때면 호흡이 고르게 나오지 않고 가느다란 팔을 양옆구리에서 올렸다 내렸다 하며 제멋대로 움직였고, 가끔은 아이들이라든가 당장 조치를 취해야 한다고 생각되는 절박한 일에 갑자기 모든 관심사가 쏠리기도 했다. 에드워드의 손톱은 너무 길었고, 가운에 난 구멍도 수선해야 했으며, 쌍둥이에게는 목욕이 필요했다. 그녀는 아이들에게 내려와 공연히 수선을 피우면서 꾸짖거나, 끌어안고 얼굴에 키스를 하고, 때로는 이 모든 것을 한꺼번에 하면서 잃어버린 시간을 메우려 했다. 그것은 거의 사랑인 양 느껴졌고 아이들도 충분히 행복한 마음으로 응했다. 하지만 아이들은 경험을 통해 알고 있었다. 집 안 현실은 끔찍하다는 것을. 손톱깎이나 천에 맞는 실은 찾을 수 없을 것이고, 목욕물을 데우려면 준비하는 데만 몇 시간이 걸렸다. 이제 곧 어머니는 어딘가로 사라져서 다시 자기만의 세계로 들어갈 터였다.

이런 발작들은 지금 자신의 상태가 어떤지 반쯤 인식하고, 과거의 자신을 어렴풋하게나마 떠올리면서 그 상실의 규모를 갑작스럽고도 무섭게 알아차린 그녀의 예전 자아의 파편이 다시 통제권을 행사하려고 애쓰면서 일어나는 일일 수도 있다. 하지만 대부분의 시간 동안 마조리는 자신이 헌신적인 아내이자 어머니이고, 자기가 몹시 열심히 일한 덕에 집안이 잘 굴러가고 있으며, 임무를 다한 뒤에는 자신에게 약간의 시간 정도는 할애할 수 있다는 생각으로 늘 스스로 만족하며 살았다. 그것은 사실 정교한 마법과도 같았다. 불행한 순간을 최소한으로 유지하고 그녀의 예전 의식의 파편을 깨우지 않기 위해 라이어넬과 아이들은 이 거짓에 공모했다. 그녀는 식사를 시작하며 남편이 열심히 만든 음식을 가만히 쳐다보다가 고개를 들고, 헝클어진 머리칼을 얼굴에서 쓸어올리며 상냥하게 말하기도 했다. "맛있게 드세요. 새로운 걸 한 번 만들어봤어요."

라이어넬이 할 줄 아는 음식은 몇 가지 안 되었기 때문에 늘 먹던 음식이었다. 하지만 아무도 그녀의 말을 부인하지 않았다. 식사 때마다 아이들과 아버지는 의식과도 같이 마지막엔 꼭 그녀에게 고맙다는 인사치레를 했다. 그들은 모두 그런 식으로 거짓을 통해 위안을 얻었다. 마조리가 와틀링턴에서 장을 보려고 목록을 작성하고 있다거나 다려야 할 시트들이 셀 수도 없이 많다고 선언하면, 정상성이라는 이름의 눈부신 다른 세계가 온 가족의 손에 닿을 것만 같았다. 하지만 이런 판타지는 그것에 대해 따지려 들지 않을 때만 유지될 수 있었다. 아이들은 아무 편견 없이 부조리한 판타지 속에 거주하면서 그 속에서 성장했다. 그것을 결코 규정하려 하지 않았기에 가능한 일이었다.

그들은 집에 친구를 데려오게 되면, 어머니로부터 친구들을 보호하는 만큼이나 친구들로부터 그녀를 보호하기 위해 갖은 애를 썼다. 겉으로 드러난 마을 여론은 메이휴 부인이 예술가 타입이고 괴짜이며 매력적인 사람으로서 어쩌면 천재일지도 모른다는 것이었다. 어쨌든 그들의 귀에 들려온 이야기는 그것뿐이었다. 어머니가 사실이 아닐 게 뻔한 이야기들을 늘어놓아도 아이들은 거북해하지 않았다. 어머니는 오늘 바쁜 일이 없었고, 오후 내내 블랙베리 잼을 만들지도 않았지만, 이런 것들은 거짓말이 아니라 어머니의 참모습을 보여주는 표현일 뿐이었다. 그들에겐 어머니를 보호할 의무가 있었다. 침묵 속에서.

그랬기 때문에, 열네 살 때 아버지와 단둘이 정원에 있던 에드워드가 처음으로 어머니의 뇌가 손상됐다는 얘길 들은 그 몇 분은 평생 잊지 못할 순간이 되었다. 그것은 모욕적인 용어였고 배신으로 초대하는 불경스러운 말이었다. 뇌 손상. 어머니의 머리에 뭔가 문제가 있다는 말. 만약 다른 누군가가 어머니를 두고 그런 말을 했더라면 에드워드는 달려들어 한 방 날릴 수밖에 없었을 것이다. 하지만 적의에 찬 침묵 속에서 어머니에 대한 이런 중상中傷을 듣는 와중에 그는 불현듯 짐을 벗은 듯 홀가분한 느낌이 들었다. 그것은 당연히 사실이었고 진실과 싸울 수는 없었다. 그리고 바로 그 자리에서, 그는 자신이 늘 그 사실을 알고 있었다고 믿기 시작할 수 있었다.

오월 하순의 무덥고 습한 날, 그와 아버지는 큰 느릅나무 아래서 있었다. 며칠 비가 내렸고 대기에는 초여름의 풍성함이 물씬 배어났다. 새들과 벌레들의 소란스러운 소리, 베어내 집 앞 잔디밭에 가지런히 뉘어놓은 잡초더미에서 풍겨나는 풀냄새, 얽히고 설키며 울타리 너머 숲 가장자리와 거의 붙어버리다시피 한 정원, 아버지와 아들에게 여름 건초열의 첫 맛을 실어다주는 꽃가루. 그리고 발아래 잔디에서는 드문드문 놓인 네모진 타일에 반사된 빛과 햇빛이 산들바람 속에서 서로 부딪치며 부서지고 있었다. 이런 풍경 속에서 아버지의 말을 듣고 있던 에드워드는 1944년 십이월의 어느 매서운 겨울날을 아버지의 기억 속에서 호출해내려고 혼자 애썼다. 위컴비의 분주한 플랫폼, 두꺼운 외투에 꽁꽁 싸인 어머니가 보잘것없는 전시戰時의 크리스마스 선물 보따리를 들고 서 있다. 그녀는 매러번 발 기차를 타기 위해 걸어나가고 있었다. 프린시즈 리스보로를 경유해 남편 라이어넬이 기다리고 있는 와틀링턴으로 데려다줄 기차였다. 집에 두고 온 에드워드는 이웃집 십대 여자애가 봐주고 있었다.

세상에는 기차가 멈추기 직전에 문을 열고 플랫폼으로 가볍게 뛰어내리고 싶어하는 자신만만한 여행자들이 있다. 기차의 여정이 완전히 끝나기 전에 먼저 떠남으로써 어쩌면 자신의 자립성을, 자신은 결코 수동적인 화물덩어리가 아님을 주장하는 것이리라. 아니면 청춘의 기억을 되살려보려는 것일 수도 있고 또 촌각을 다툴 만큼 급해서일 수도 있다. 기차가 브레이크를 밟았다. 아마 평소보다 좀 세게 밟았을 것이다. 여행자가 잡고 있던 문이 갑자기 휙 하고 바깥으로 젖히면서 그 육중한 무쇠 모서리가 기차를 타기 위해 다가서던 마조리 메이휴의 이마를 쳤다. 두개골이 깨지고 즉석에서 그녀의 인격과 지능, 기억이 탈구될 정도로 큰 충격이었다. 혼수상태는 일주일을 넘기지 않았다. 목격자들에 따르면 여행자는 기품 있는 외모의 육십대 런던 신사로 중절모와 접힌 우산, 신문 등을 들고 있었는데 현장에서 황급히 떠나버렸다고 했다. 쌍둥이를 가진 젊은 여자는 바닥에 뻗었고 주위엔 몇몇 장난감들이 흩어져 있었다. 여행자는 자신의 죄를 고스란히 짊어진 채 위컴비 거리로 영원히 사라져버렸다. 아니 그러길 바란다고 라이어넬은 말했다.

정원에서의 이 신기한 순간—에드워드 인생의 전환점이었다—은 그의 가슴속에 아버지에 대한 특별한 기억을 심어주었다. 아버지는 손에 파이프를 들고 있었는데 이야기를 마칠 때까지 불을 붙이지 않았고, 집게손가락으로 대통을 휘어잡고는 담뱃대를 입 꼬리에서 일 피트 정도 떼어놓은 채 계속 의미심장하게 그것을 쥐고 있었다. 일요일이었기 때문에 면도를 하지 않은 얼굴이었다. 라이어넬은 어떤 종교도 믿지 않았다. 물론 학교에서 믿는 시늉은 했지만. 그는 일주일 가운데 이 일요일 아침만은 자신을 위해 남겨두고 싶었다. 면도를 생략하다니 그만한 지위에 있는 남자에게는 별난 경우였다. 하지만 일요일 아침은 예외를 두어 공적인 일이라면 관여하지 않으려는 심산이었다. 그는 주름을 손으로도 펴지 않은, 깃 없는 꾸깃꾸깃한 흰색 셔츠를 입고 있었다. 그의 태도는 신중했고 일종의 거리감까지 느껴졌다. 분명 미리 마음속으로 연습해본 대화였으리라. 아들에게 이야기하는 도중에도 그의 시선은 간간이 집으로 향했다. 마치 마조리의 상태를 좀더 정확하게 환기하려는 듯이, 혹은 쌍둥이 딸들이 나타날까봐 경계하려는 듯이. 마지막에 그는 에드워드의 어깨에 손을 얹었다. 평소에 안 하던 행동이었다. 그러곤 몇 야드쯤 되는 정원 끝까지 아들과 함께 걸었다. 낡아빠진 나무울타리가 위로 치고 올라오는 덤불 아래 사라져가고 있었다. 울타리 뒤로는 양들도 없이, 온통 미나리아재비 천지인 들판이 오 에이커가량 뻗어 있었는데, 널찍하니 두 줄로 베어놓은 모습이 마치 두 갈래로 갈라지는 길 같았다.

라이어넬이 마침내 파이프에 불을 붙였을 때, 부자는 나란히 서 있었다. 그 사이 에드워드는 평생 동안의 순응력을 발휘해 충격에서 인지의 상태로 조용히 바뀌어가고 있었다. 당연히 그는 늘 알고 있었다. 그가 순진한 상태로 버텨올 수 있었던 건 어머니의 병을 지칭하는 용어가 존재하지 않았기 때문이었다. 어머니에게 병이 있다고 생각해본 적은 전혀 없었지만 동시에 어머니는 다르다고 늘 인정해왔었다. 이제 그 모순이 이처럼 간단한 이름 짓기로, 보이지 않는 것을 보이게 만드는 언어의 힘으로 해소된 것이다. 뇌 손상. 이 말은 애틋한 마음을 없애버렸고, 누구나 이해할 수 있는 공적인 기준으로 냉정하게 어머니를 평가하게 했다. 갑자기 어떤 틈이 벌어지기 시작했다. 그 자신과 어머니 사이뿐만 아니라 그 자신과 주위 풍경 사이에도. 그는 자기라는 존재를 느꼈다. 그리고 전에는 한 번도 주목받지 않고 매장돼 있던 그 존재의 핵이, 아무에게도 알리고 싶지 않았던, 빨갛게 달아오른 뾰족한 끝이 돌연 그 날카로운 모습을 드러냈다. 어머니는 뇌 손상이었다. 하지만 그는 아니었다. 어머니는 어머니일 뿐이고 가족은 가족일 뿐이다. 언젠가 그는 떠날 테고, 돌아온다 해도 손님으로서일 터였다. 그는 불현듯 자신이 손님이라고 상상하기 시작했다. 오랫동안 해외로 나갔다 돌아와 아버지와 벗 삼아 함께 저 들판을, 땅이 숲 쪽으로 완만하게 비탈지기 시작하는 곳 바로 앞에서 갈라지는 널찍한 미나리아재비 길을 바라보고 있는 것이라고. 그가 맛보고 있는 것은 일종의 고독한 느낌이었고, 그러면서 죄책감도 들었지만 그 대담성 덕분에 흥분되기도 했다.

라이어넬은 아들이 왜 침묵에 빠져들었는지 이해하는 것 같았다. 그는 에드워드가 어머니와 잘 지내왔고 또 늘 상냥하게 그녀를 잘 도와줬다, 그러니 오늘 대화로 바뀌는 건 없다, 다만 이제 사실을 알 만큼 충분히 컸음을 인정한 것일 뿐이다, 라고 말했다. 바로 그때 쌍둥이들이 오빠를 찾으려고 정원으로 뛰어왔고, 시간이 없었던 라이어넬은 딸들이 소란을 떨며 자기네들이 만든 뭔가에 대해 의견을 말해 달라고 에드워드를 집으로 끌고 가기 전에 "내가 한 말로 바뀌는 건 없다, 절대로 없다"고 거듭 당부했을 뿐이었다.

이 무렵 에드워드에겐 많은 변화가 일어나고 있었다. 그는 헨리 그래머 스쿨*에 다녔는데 여러 선생들로부터 "대학에 갈 물건"이라는 소리를 듣기 시작했다. 노스엔드에 사는 친구 사이먼이나 그와 함께 뛰어놀던 마을 소년들은 죄다 신新 중등학교**에 다녔고 이제 곧 장사나 농장 일을 배우러 떠났다가 군에 소집될 터였다. 에드워드는 자신의 미래는 달랐으면 하고 바랐다. 벌써부터 친구들과 함께 있으면 친구들 쪽에서건 자기 쪽에서건 분위기가 서먹했다. 에드워드는 숙제를 잔뜩 쌓아놓고는—그렇게 온순한 라이어넬도 이 문제에서만큼은 폭군이었다—이제 더이상 방과후에도 소년들과 숲을 배회하지 않았고, 야영지를 세우거나 덫을 놓아 웜슬리 가, 스토너 가의 부지를 관리하는 사냥터지기들을 쑤시고 다니지도 않았다. 보통 헨리처럼 작은 마을은

---

* 중등학교의 하나로 대학 진학을 준비하는 학생들이 주로 입학한다.

** 1944년부터 1970년대 초까지 존재했던 영국의 중등학교로 초등학교 졸업시험에서 상위 25퍼센트에 들지 못하는 대부분의 학생들이 갔다.

도시랍시고 허세를 떠는 구석이 있기 때문에, 그는 자기가 나비와 새 이름, 그리고 집 아래 친숙한 계곡에 있는 페인 가의 땅에 자라는 초롱꽃, 치코리, 체꽃, 십여 가지 종류의 난초와 여로, 그리고 희귀한 여름 영란수선 등 야생화들의 이름을 모두 안다는 것도 숨겨야 한다는 사실을 알아가고 있었다. 학교에서는 아마 이런 지식 때문에 촌놈으로 찍혔을 것이다.

이날 어머니의 사고에 대해 들은 뒤, 겉보기에는 아무것도 바뀌지 않았지만 이 새로운 지식 속에서 삶의 모든 자잘한 변화와 재조정이 분명해지기 시작했다. 어머니를 배려하며 상냥하게 대하고, 그녀가 집안을 관리하며 어머니가 말한 것들이 사실이라는 허구를 유지하는 일도 여전히 거들었다. 하지만 이젠 의식적으로 어떤 역할을 연기하고 있을 뿐이고 그렇게 함으로써 그는 새로 발견한, 자아라는 작고 단단한 핵을 강화하고 있었다. 열여섯 살부터 그는 오랫동안 우울하게 산책하는 데 맛을 들이기 시작했다. 집 밖에 나오면 마음을 비우는 데 도움이 됐다. 그는 종종 푹 꺼진 석횟길로 흙이 뚝뚝 부서지는 비탈 천지인, 터빌까지 내리막으로 이어지는 홀랜드 레인을 따라가다가 햄블던 밸리로 내려가서 템스 강까지 갔고, 헨리에서 강을 건너 버크셔 다운스로 들어갔다. 당시는 '십대'라는 단어가 만들어진 지도 얼마 되지 않았고, 그 역시 자신이 느끼는 이 고통스러우면서도 달콤한 분리감을 다른 누군가와 나누어 가질 수 있다는 생각은 전혀 하지 못했다.

어느 주말엔가는 아버지한테 묻기는커녕 일언반구 말도 없이, 트래펄가 광장에서 열리는 수에즈 침공 반대 집회에 참석하러 런던까지 히치하이크를 했다. 집회에 참석한 그는 감정이 순간 격앙되어 아버지와 모든 선생들이 가길 바라는 옥스퍼드에 지원하지 않겠다고 결심했다. 그곳은 너무나 익숙했고 헨리와도 크게 다르지 않았다. 사람들이 더 많고 더 요란하고 예측 불가능해 보이는 이곳, 그 자자한 명성에도 무심해 보이는 이 유명한 거리에 오리라! 이것은 그만의 비밀 계획이었다. 미리부터 반대에 부딪히고 싶지 않았다. 라이어넬은 그가 병역을 마치는 게 좋을 거라고 결정했지만, 그는 병역 또한 피할 작정이었다. 이 은밀한 계획들 덕분에 은폐된 자아에 대한 인식, 감수성의 팽팽한 끈, 늘 뭔가 갈망하는 예리한 자기중심주의는 더욱더 정교해졌다. 학교의 다른 남자애들은 집과 가족을 혐오했지만 그는 그러지 않았다. 방들이 좁고 지저분해도 당연하게 받아들였고, 어머니에게도 전과 다름없이 자연스럽게 대했다. 그는 단지 자신의 인생이, 그 진정한 이야기가 어서 시작되길 간절히 바라고 있을 뿐이었다. 하지만 순리대로 하자면 시험에 합격할 때까진 불가능한 일이었다. 그래서 그는 열심히 공부했고 좋은 에세이들을 제출했다. 역사 선생님에게 제출하는 에세이는 특별히 더 신경을 썼다. 그는 여동생들과 부모님에게 충분히 다정스럽게 굴면서 터빌 히스의 집에서 떠날 날을 계속 꿈꾸고 있었다. 하지만 어떻게 보면 그는 이미 떠난 것이나 다름없었다.

3장

침실에 도착하자 플로렌스는 에드워드의 손을 놓았다. 침대를 지탱하는 떡갈나무 기둥에 몸을 기댄 그녀는 어깨를 오른쪽으로, 다음엔 왼쪽으로 귀엽게 기울이면서 구두를 한쪽씩 벗어 들었다. 온통 말다툼으로 보낸 어느 비 내리는 오후, 데버넘스에서 어머니와 함께 산—바이얼릿에겐 쇼핑이 흔치 않은 일이자 고역이었다—신혼여행 신발이었다. 부드러운 가죽으로 만든 연한 파란색 구두는 굽이 납작하고 앞쪽에 짙은 파랑색 가죽으로 솜씨 있게 꼰 앙증맞은 리본이 달려 있었다. 신부는 서두르지 않고 느긋하게 움직였다. 이 또한 그녀를 더욱 얽어맬지도 모를 지연 전략 중 하나였다. 그녀는 남편이 홀린 듯한 시선으로 자신을 쳐다보고 있다는 걸 의식했지만 지금 당장은 크게 불안하거나 압박을 느끼지 않았다. 침실에 들어서면서 그녀는 거추장스러운 구식 잠수복을 입고 깊은 바닷속에 뛰어든 것 같은 불편하고 몽롱한 상태에 빠져들었다. 생각이 자기 것 같지 않았다. 생각이 그녀의 머릿속에 주입되고 있었다. 산소 대신 생각이.

그런 상태에서 그녀는 장엄하면서도 간결한 음악 한 소절을 되새기고 있었다. 머릿속에서 자동적으로 연주되고 반복되는 그 곡은 이내 기억 속의 소리처럼 불확실하고 아련해지다가 침대 곁까지 그녀를 따라오더니, 그녀가 신발을 한 짝씩 벗어들었을 때 다시 시작되었다. 점차 상승하는 네 개의 음으로 이루어진 이 익숙한 소절—누군가 들었다면 유명한 곡이라고 말할 법도 했는데—은 마치 시험하듯 뭔가를 묻고 있는 것 같았다. 곡이 그녀의 전공인 바이올린이 아니라 첼로로 연주되고 있었기 때문에 그녀 자신은 질문자가 아니라 객관적인 관찰자였다. 이 관찰자는 의심이 많지는 않았으나 집요했다. 잠시 침묵이 흐른 후, 다른 악기들이 머뭇머뭇 자신 없이 대답하자 첼로는 다른 현 위에서 다른 표현으로, 또다시 질문을 던졌다. 다시 거듭해서 질문하고 대답은 매번 미심쩍었다. 그녀는 이 곡조를 말〔言〕로 치환시킬 수가 없었다. 뭔가를 이야기하고 있는 것 같지는 않았기 때문이었다. 그것은 물음표처럼 순수한, 내용 없는 질문이었다.

그것은 플로렌스와 친구들 사이에 논쟁을 불러일으켰던 모차르트 오중주곡의 첫 소절이었다. 그 곡을 연주하려면 비올라 주자를 뽑아야 했고, 친구들은 그런 번거로움을 피하고 싶어했다. 하지만 이 곡을 연주하기 위해서는 반드시 한 사람이 더 있어야 한다고 주장한 플로렌스가 대학 때 같은 층에 살았던 친구를 연습에 초청했고, 결국 그들은 악보를 보며 즉석에서 리허설을 했다. 예상했던 대로 허영심 많은 첼리스트는 그 곡에 반해버렸고 이내 다른 사람들도 그 마력에 빠져들었다. 누군들 안 그랬겠는가? 시작 소절이 '에니스머 사중주단'—여자 기숙사 이름을 따서 붙인 이름—의 단결에 심각한 의문을 제기했다 해도, 그것은 곧 3대 1의 반대를 무릅쓴 플로렌스의 결단과 자신의 탁월한 안목을 믿었던 그녀의 강한 직감으로 해결되었다.

그녀는 여전히 에드워드를 등진 채, 시간을 벌기 위해 침실 반대편으로 건너가서 옷장 옆 바닥에 구두를 조심스럽게 내려놓았다. 그 네 개의 음 덕분에 그녀는 자신의 또다른 본성을 기억해냈다. 사중주단을 이끄는, 냉정하게 자신의 의지를 관철시키는 플로렌스는 관습적 기대에 절대로 고분고분 복종하지 않을 것이다. 그녀는 결코 불평 한마디 없이 칼에 찔릴, 아니 남자에게 삽입당할 희생양이 아니다. 그녀는 결혼에서 자신이 정확히 무엇을 원하고 또 무엇을 원하지 않는지 당당히 요구할 것이고, 에드워드에게 그렇게 똑똑히 말할 것이고 어떤 식으로든 그와 타협

점을 찾아낼 것이다. 물론 각자의 욕망 때문에 상대방의 욕망이 희생되어선 안 된다. 핵심은 사랑이고 서로를 해방시키는 것이다. 그렇다, 그녀는 리허설에서처럼 자신의 목소리를 낼 필요가 있었고, 이제 그렇게 할 것이다. 그에게 할 제안의 서두까지 준비되어 있었다. 그녀가 깊이 숨을 들이마시며 입을 열려던 순간, 마루 널빤지 소리가 들려왔다. 몸을 돌리자, 그가 준수한 얼굴에 살짝 홍조를 띠고 미소를 머금은 채 그녀를 향해 다가오고 있었다. 그 순간 해방의 구상은 마치 딱히 그녀의 생각이 아니었던 양, 사라져버리고 말았다.

그녀의 신혼여행 드레스는 구두와 잘 어울리는 밝은 보랏빛을 띤 가벼운 여름 면직이었다. 다행스럽게도 어머니와 동행하지 않은 채, 리전트 가에서 마블 아치까지 여러 시간 발품을 판 끝에 발견한 것이었다. 에드워드가 플로렌스를 끌어안았다. 키스를 하려는 게 아니라, 먼저 그녀의 몸을 자신에게 밀착시킨 다음 한쪽 손을 목덜미에 올려놓고 드레스의 지퍼를 찾으려는 거였다. 그는 한 손을 쫙 펴 그녀의 잘록한 등허리를 단단히 받친 채 그녀의 귀에 뭔가 속삭이고 있었다. 그 소리가 너무 크고, 너무 가까워서 그녀에겐 뜨뜻하고 축축한 숨소리의 굉음밖에 들리지 않았다. 하지만 드레스 지퍼는, 적어도 처음 일이 인치 부분은 한 손만 가지고 열 수 있는 게 아니었다. 드레스 맨 윗부분을 붙잡고 지퍼를 내려야 얇은 천이 쭈글쭈글 뭉쳐서 걸리는 일이 없었다. 그녀는 어깨 너머로 손을 뻗어 도울 수도 있었지만 팔이 그의 품 안에 갇혀 있었다. 어떻게 해야 하는지 그에게 손수 시범을 보이는 것도 좋은 생각 같지 않았다. 무엇보다도 그의 기분을 상하게 하고 싶지 않았다. 그는 날카로운 한숨을 내쉬며 지퍼를 억지로 내리려고 더 세게 잡아당겼지만 상황은 이미 올릴 수도 내릴 수도 없는 지점까지 와 있었다. 잠깐 동안 그녀는 자신의 드레스 속에 꼼짝 없이 갇혀 있었다.

"오 제발, 플로. 움직이지 말고 가만히 있어줘, 제발."

그녀의 몸이 즉각 순종적으로 굳었다. 그의 목소리에서 묻어나는 낭패감에 지레 겁을 먹은 그녀는 반사적으로 자기 잘못이라고 생각했다. 이 모든 게 다 자신의 드레스, 자신의 지퍼 때문이었다. 마음속으론 그의 품을 벗어나 환한 창가 쪽으로 몸을 돌리면 지퍼를 더 쉽게 내릴 수 있을지도 모른다고 생각했지만, 그러면 매정해 보일 수도 있고, 또 갑자기 하던 일을 중단하면 상황이 더 심각해질 수도 있었다. 집에서는 이런 일을 구제불능의 피아노 솜씨에도 불구하고 손 하나는 날렵한 여동생에게 맡겼었다. 어머니는 자잘한 일엔 전혀 참을성이 없었다. 딱한 에드워드. 이제 그가 양손을 모두 사용하며 진땀을 빼는 동안 그 떨림이 그의 팔을 타고 그녀의 어깨까지 전해졌고, 그의 두툼한 손가락들이 쭈글쭈글 접힌 천과 꿈쩍도 하지 않는 쇠붙이 사이에서 더듬거리는 모양이 머릿속에까지 그려졌다. 그녀는 그에게 미안한 마음이었지만 한편으로는 그가 좀 무섭기도 했다. 아무리 조심스럽게라도 섣불리 제안했다가 그의 화를 더 돋울지도 모른다. 그녀는 인내심을 갖고 가만히 서 있었다. 마침내 그가 신음소리를 내며 떨어져나가더니 뒤로 물러섰다.

사실, 그는 미안해하고 있었다.

"정말 미안해. 완전 엉망이야. 나란 놈은 지독하게 서툴러."

"나한테도 꽤 자주 일어나는 일인걸, 뭐."

그들은 함께 침대로 가서 앉았다. 그는 자신이 그녀의 말을 믿지 않는다는 것을 보이기 위해 씩 웃었지만 그래도 그녀가 그렇게 말해준 것이 정말 고마웠다. 여기 침실에서도 호텔 잔디, 숲지대, 바다 등 똑같은 경치를 향해 창문이 활짝 열려 있었다. 갑자기 바람이 바뀐 건지 조류가 바뀐 건지, 아니면 배라도 한 척이 지나간 건지, 파도가 연달아 부서지며 해안에 세차게 들이치는 소리가 들려왔다. 그러다가 또 어느새 파도는 아까처럼 찰랑찰랑 부드럽게 자갈밭을 훑고 있었다.

그녀는 그의 어깨에 팔을 둘렀다.

"비밀 하나 알려줄까?"

"응."

그녀는 집게손가락과 엄지로 그의 귓불을 잡고 부드럽게 머리를 당기며 속삭였다.

"사실은 말이지, 나 약간 겁이 나."

엄격히 말해 정확한 표현은 아니었지만, 아무리 생각이 깊은 그녀라 해도 지금 자신의 감정이 어떤 상태인지 제대로 설명할 수는 없었다. 온몸이 바짝 쪼그라든 것처럼 건조한 느낌, 그녀가 요구받게 될 무언가에 대한 막연한 반감, 그를 실망시키고 결국엔 사기꾼으로 보이리라는 수치스러운 예감 등. 그녀는 자기 자신이 싫었고, 그에게 속삭이는 자신의 목소리가 마치 연극 속에 나오는 악당처럼 뱀 같은 소리를 내고 있다고 생각했다. 하지만 혐오감이나 수치심을 인정하는 것보다는 겁을 먹었다고 말하는 편이 더 나았다. 그녀는 그의 기대치를 낮추기 위해서라면 뭐든 다 해야 했다.

그는 그녀를 쳐다보고 있었지만 그의 표정엔 그녀의 말을 제대로 알아들었다는 그 어떤 징후도 나타나지 않았다. 이런 곤란한 상황 속에서도 그녀는 그의 부드러운 갈색 눈에 감탄했다. 지성과 관대함이 엿보이는 너무도 상냥한 눈. 아마도 그의 눈 속에 그외에 다른 아무것도 보이지 않았다면 그가 요구하는 뭐든 들어주었으리라. 그를 완전히 믿었을 것이다. 하지만 그건 그녀의 공상일 뿐이었다.

마침내 "나도 그런 것 같아"라고 대답한 그는 그녀의 무릎에 손을 올렸고, 드레스 아랫단 속으로 쑥 미끄러져 들어온 손이 안쪽 허벅지에서 멈추자 그의 엄지손가락이 속바지에 간신히 닿았다. 그녀의 다리, 늘 정원을 거닐고 서머타운의 공용 코트에서 옛 학교 친구들과 테니스를 치고, 초서의 손녀딸이 묻힌 웰름이라는 예쁜 마을 위에 있는 꽃으로 뒤덮인 초원으로 에드워드와 두 차례 긴 소풍을 간 덕분에 햇볕에 그을린 그녀의 갈색 맨 다리는 매끈했다. 그들은 이미 익숙한 대로 서로의 눈을 오래 들여다보았다. 그의 손길을, 자신의 피부를 누르는 뜨뜻하고 끈적끈적한 그의 손을 너무도 의식하고 있었던 그녀는 드레스 아래 푸른 어둠 속에서 그의 길고 굽은 엄지손가락이 장벽 너머의 공성기攻城機처럼 참을성 있게 기다리고 있는 것을, 잘 깎은 손톱이 레이스 단에 두른 작은 꽃장식으로 주름진 크림색 실크를 막 스쳐지나가는 것을, 그리고 이제 그 손가락이 비어져 나온 곱슬곱슬한 털 한 올을 어루만지는 것까지도—확실히 그랬다—분명히 느꼈다. 그것을 정확히 머릿속에 그려볼 수 있었고 볼 수 있었다.

그녀는 다리 근육이 경직되는 것을 막으려고 사력을 다했지만, 그것은 마치 터져나오는 재채기처럼 불가항력적이고 강력하게 그녀의 의지와는 상관없이 저절로 일어나고 있었다. 그녀의 의지를 배반한 근육들이 단단히 조여오고 가벼운 경련까지 일었지만 고통스럽진 않았다. 허나 그녀는 이것이 자신의 문제가 얼마나 심각한지 보여주는 첫 징후라고 생각했다. 그도 분명 자신의 손바닥 밑에서 일어나고 있는 이 작은 폭풍을 느끼고 있을 것이다. 그녀의 혼란스런 마음을 열정으로 착각하면서 미세하게 커진 그의 눈과 기울어진 눈썹, 소리 없이 벌어진 입은 그가 감동했을 뿐 아니라 경외감마저 느끼고 있음을 암시하고 있었다.

"플로……?"

그는 목소리를 잠시 가라앉혔다가 높이며 그녀의 이름을 조심스럽게 불렀다. 그녀를 진정시키거나 혹은 무슨 성급한 행동을 하지 않도록 막으려는 듯이. 하지만 그는 자기 안에 일어난 작은 폭풍부터 억눌러야만 했다. 그는 얕고 불규칙하게 숨을 쉬었고, 계속 입천장에 달라붙는 혀를 떼어내느라 작은 소리를 내고 있었다.

몸에 감정을 숨길 능력이나 의지가 없다는 사실이 얼마나 유감스러운지. 심장을 천천히 뛰게 하고 달아오른 얼굴을 식혀 체면을 지킬 수 있다면 얼마나 좋을까. 제멋대로인 그녀의 근육은 마치 피부 아래 갇힌 나방처럼 움찔움찔 뛰고 바르르 떨었다. 눈꺼풀에도 이따금 비슷한 떨림이 일었다. 확실하진 않지만, 어쩌면 이 소동이 점차 가라앉고 있는 건지도 모른다. 그렇게 마음속으로 하나의 원칙을 세우자 좀 도움이 되었다. 그녀는 멍청할 정도로 정확하게 스스로 그것을 읊어보았다. 그의 손이 저기 있는 건 그가 내 남편이기 때문이다, 저기에 손을 두게 허락한 건 내가 그의 아내이기 때문이다. 몇몇 친구들, 특히 그레타나 허마이오니, 루시 같은 애들이라면 이미 벌써 몇 시간 전부터 이불 속에서 벌거벗고 있었을 테고, 결혼하기 훨씬 전에—소란스럽고 즐겁게—이 결혼이라는 것을 완성했을 터였다. 친구들은 애정과 너그러운 마음으로 그녀 역시 그랬으려니 하고 짐작했다. 그녀는 거짓말을 한 적도 없었지만 그들의 오해를 바로잡아준 적도 없었다. 친구들을 떠올리면서 그녀는 남들과 공유한 적 없는 자기 자신에 대한 묘한 느낌을 맛보았다. 자신이 혼자라는 그 느낌을.

에드워드의 손은 더이상 나아가지 않았다. 자신이 풀어놓은 것을 직면하고 용기가 꺾인 것인지도 모른다. 바로 그 자리에서 그녀의 안쪽 허벅지를 부드럽게 주무르는 그의 손은 가볍게 떨리고 있었다. 경련이 약해지고 있는 것도 바로 이 덕분인지 모르지만 그녀는 더이상 신경 쓰지 않았다. 그것은 틀림없이 우연이었으리라. 자신이 그녀의 다리를 만지다가 엄지손가락 끝으로 그녀의 팬티 아래 비어져나온 꼬불꼬불한 털 한 올을 밀어냈고, 그 털을 앞뒤로 흔들며 뿌리까지 흔들리게 했다는 사실을 그가 알리가 없었다. 그녀는 흔적에 불과한 아주 미미한 감각이 모낭毛囊 신경을 따라 흐르는 걸 느꼈다. 하나의 점처럼 무한히 작고, 거의 추상에 가까웠던 그 느낌은 작고 둥그스름한 얼룩처럼 커지더니 계속 팽창해갔다. 그녀는 자신이 그 감각에 몰입하고 있고 그쪽으로 마음이 기울어가는 걸 느꼈지만 그럴 리 없다고 의심하며 부인했다. 어떻게 한 가닥 털의 뿌리가 자신의 온몸을 잡아끌 수 있단 말인가? 하나의 점과 같은 그 감각은 애무하는 그의 손의 리듬에 맞춰, 고른 박자로 피부 표면을 가로질러 복부를 지나 진동하며 저 아래 회음부로 번져갔다. 아주 낯선 느낌만은 아니었다. 통증과 가려움의 중간쯤 되는 것 같으면서도 더 부드럽고 더 따뜻하고 어딘가 모르게 더 공허한 느낌이었다. 리드미컬하게 흔들리는 한 개의 모낭에서 발산되는, 기분 좋은 통증의 공허한 물결이 동심원을 그리며 몸 전체로 확산되다가 이제 몸 속 더 깊은 곳으로 다가가고 있었다.

처음으로, 에드워드에 대한 그녀의 사랑은 현기증처럼 반박할 수 없는 확실한 신체적인 감각으로 이어졌다. 전에는 푸근한 수프 같은 따뜻한 감정과 두터운 겨울담요 같은 상냥함과 믿음밖에 몰랐다. 그것만으로도 늘 충분했고, 그 자체로도 뭔가 성취한 것만 같았다. 그런데 이제 드디어 명확하지만 낯선, 그러나 그녀의 것임이 분명한 욕망이 시작되고 있었다. 그리고 그 욕망 너머에는 마치 등 뒤 어딘가, 혹은 머리 위 어딘가처럼 보이지는 않으나 아주 가까운 곳에, 자신도 다른 모든 사람들과 똑같다는 안도감이 매달려 있었다. 친구들은 모두 가슴이 생겼는데 자기만 여전히 덩치 큰 아홉 살 같아서 절망에 빠져 있던, 발육이 늦은 열네 살 소녀였던 어느 날 저녁, 거울 앞에서 처음으로 젖꼭지 주위에 뭔가 새로운 것이 팽팽히 부풀어 오른 것을 알아차리고 꼼꼼히 만져보았을 때의 느낌과 비슷했다. 어머니가 아래층에서 스피노자 강의를 준비하고 있지만 않았어도 플로렌스는 기쁨의 환호성을 질렀을 터였다. 그녀가 인류와 별종이 아님은 부인할 수 없는 사실이었다. 그녀는 의기양양하게 일반인의 대열에 합류했다.

그녀와 에드워드는 아직도 서로의 눈을 바라보고 있었다. 말을 한다는 것은 어림도 없어 보였다. 그녀는 짐짓 아무 일도 일어나고 있지 않다는 듯 반쯤 모른 체했다. 그의 손이 자신의 드레스 아래에 있는 게 아니고, 그의 엄지가 밖으로 비어져나온 음모를 앞뒤로 밀고 있지 않으며, 그녀 자신이 중대한 감각의 발견을 하고 있는 게 아니라는 듯이. 에드워드의 머리 뒤로 먼 과거의 풍경—열린 문, 프렌치 윈도 곁의 식탁, 먹지 않고 남겨둔 음식 부스러기—이 단편적으로 펼쳐져 있었지만 그녀는 그리로 시선을 돌리지 않았다. 기분 좋은 느낌과 안도감에도 불구하고,

두려움이라는 그리 쉽게 파괴되지 않는 높은 벽이 아직 남아 있었다. 그녀 자신도 그 벽이 파괴되길 원하지 않았다. 이 모든 새로움에도 불구하고, 그녀는 완전히 자포자기한 상태도 아니었을 뿐더러 그렇게 되도록 서두르고 싶지도 않았다. 이렇게 옷을 다 갖춰 입은 상태에서, 아늑한 갈색 눈의 시선과 부드러운 애무, 온몸에 퍼지는 짜릿함을 느끼며 지연된 이 순간에 계속 머무르고 싶었다. 하지만 그것은 불가능한 일이었다. 누구나 말하듯 하나의 일은 또다른 일로 이어져야 한다는 것을 그녀는 잘 알고 있었다.

*

에드워드의 얼굴은 아직도 몹시 벌겠고, 동공은 확장되어 있었고, 벌어진 입술 사이로 새어나오는 숨결은 여전히 얕고 불규칙하고 가빴다. 결혼 준비랍시고 광적으로 일주일 동안 절제했던 그의 젊은 몸은 생리작용을 지나칠 정도로 압박하고 있었다. 눈앞에 있는 그녀는 너무도 소중하고 생생했지만 그는 뭘 해야 할지 알지 못했다. 어스름이 깔리며, 그가 벗길 수 없었던 파랑색 드레스가 쫙 펴진 하얀 이불을 배경으로 희미하게 빛났다.

그녀의 안쪽 허벅지를 처음 어루만질 때, 그녀의 피부는 놀라울 정도로 차가웠는데 어떤 이유에선지 그는 그 때문에 더 강렬하게 흥분되었다. 그녀의 눈을 들여다볼 때도 계속 휘청휘청하다가 그녀 쪽으로 고꾸라지는 느낌이었다. 흥분이라는 압박과 무지라는 짐 사이에서 옴짝달싹 못하는 느낌이었다. 영화나 질펀한 농담, 음탕한 일화들 외에 그가 알고 있는 여자에 대한 지식은 플로렌스에게서 온 것이 다였다. 손에 느껴지는 이 떨림은 아마도 은밀한 신호일 수도 있다. 그것을 어떻게 인지하고 반응해야 하는지는 누구라도 그에게 말해줄 수 있을 것이다. 아마도 여성 오르가슴의 전조쯤 되는 것인지도 모른다. 하지만 어쩌면 신경과민일 수도 있다. 그녀는 가타부타 아무 말도 없었고, 그는 그 떨림이 가라앉기 시작하자 마음이 놓였다. 그러다 예전에 웰름 외곽의 한 광활한 옥수수 밭에서 자신 있다고 농부한테 큰소리를 쳐놓고는 막상 콤바인 조종석에 앉자 레버 하나도 못 건드렸던 기억이 떠올랐다. 간단히 말해 그에겐 충분한 지식이 없었던 것이다. 그를 침실까지 이끌고, 그렇게 스스럼없이 구두를 벗고, 그로 하여금 그렇게 가까이 손을 두게 한 사람은 바로 그녀였다. 한편으로 그는 성급하게 움직였다가 얼마나 쉽게 기회를 망치게 되는지 오랜 경험을 통해 알고 있었다. 하지만 정반대로, 그의 손이 계속 제자리에서 그녀의 허벅지를 만지는 동안 그녀는 너무도 유혹적으로 그를 계속 바라보고 있었다. 뻣뻣한 표정이 부드러워졌고, 가늘게 뜨여 있던 눈은 그의 눈과 마주치면서 다시 커졌고, 이젠 고개도 뒤로 기울어져 있다. 그의 신중함은 분명 터무니없는 것이었다. 이렇게까지 망설이는 건 미친 짓일지도 모른다. 정말이지, 그들은 결혼한 사이였고, 그녀는 그를 북돋워주고 재촉하면서 그가 이끌어주기를 간절히 바라고 있었다. 하지만 그는 여전히 신호를 잘못 해석했던 기억들로부터 벗어날 수가 없었다. 〈꿀맛〉이 상영되던 그 극장에서 그녀가 놀란 가젤처럼 자리를 박차고 복도로 뛰어나갔을 때가 가장 압권이었다. 그 한 번의 착오를 되돌리는 데 몇 주가 걸렸다. 그것은 감히 반복할 엄두가 나지 않는 재앙이었고, 그는 사십 분짜리 결혼 예식만으로 그렇게 심오한 변화가 일어났으리라고는 믿을 수가 없었다.

방 안 공기가 희박하고 불충분한 것같이 느껴졌다. 숨을 쉬기 위해 의식적으로 노력해야 했다. 난처하게도 긴장으로 자꾸 나오려는 하품을 그는 눈살을 찌푸리고 콧구멍을 벌렁거리면서 간신히 참았다. 그가 지루해한다고 그녀가 생각하게 되면 전혀 도움이 안 될 것이다. 그들의 사랑이 이렇게 명백한데도 첫날밤이 간단치 않다는 사실 때문에 그는 너무나 고통스러웠다. 자기 자신을 믿지 않았던 그는 흥분과 무지, 우유부단함에 빠진 자신의 상태가 위험하다고 여겼다. 스스로 생각하기에 자신은 어리석은 짓을 저지를 수도 있고, 격정적인 행동으로까지 치달을 수도 있는 사람이었다. 대학 친구들 사이에서 그는 얌전하지만 이따금 폭력적으로 욱하는 기질이 있는 타입으로 통했다. 아버지 말씀에 따르면, 어렸을 때 그의 특징은 한번 성질을 부리면 굉장했다고 했다. 청소년기를 거쳐 대학에 들어와서도 그는 이따금 주먹다짐이라는 난폭한 자유에 탐닉했다. 짐승처럼 악을 써대는 꼬맹이들이 빙 둘러서서 구경했던 운동장 싸움에서부터 마을 끝 근방 숲 공터에서의 엄숙한 회합, 그리고 런던의 선술집 바깥에서 벌인 파렴치한 언쟁들까지, 에드워드는 싸움에서 짜릿한 예측 불가능성을 찾아냈고, 자신의 평온한 존재를 벗어난 자발적이고 단호한 자아를 발견했다. 스스로 그런 상황을 찾아나서는 일은 없었지만, 그런 일들이 벌어질 때면 비아냥거림이나 친구들의 뜯어말림, 주먹을 불끈 쥐는 것이라든가 상대에게서 발견되는 난폭함과 같은 싸움의 특정 요소들을 거부할 수가 없었다. 시야 협착증이나 청각 상실 같은 뭔가가 그를 덮쳤다가, 마치 반복되는 꿈에 들어서는 양, 돌연 잊혀진 쾌락으로 한 발 내디디며 그는 그곳에 가 있었다. 학교에서 친구들과 술을 진탕 마셨을 때와 똑같이, 고통은 나중에 찾아왔다. 그는 대단한 격투 선수는 아니었지만 신체적 무모함이라는 유용한 재능을 가지고 있었고 판돈을 올릴 정도로 내로라하는 싸움꾼이었다. 그리고 힘도 셌다.

플로렌스는 그에게서 이런 광기를 본 적이 전혀 없었고 그 또한 그것에 대해서 그녀에게 얘기할 마음이 없었다. 그는 대학 마지막 해의 2학기였던 1961년 일월 이후로 십팔 개월 동안 싸우지 않았다. 마지막 싸움은 일방적인 것이었고, 에드워드에게 어떤 동기가 있기도 했고 또 어느 정도 정당했기도 했지만 이례적인 싸움이었다. 그날 그는 헤럴드 매더라는 사학과 삼학년 학생과 올드콤튼 가를 따라 딘 가에 있는 프렌치 퍼브라는 선술집으로 향하고 있었다. 이른 저녁이었는데 친구들과 합류하려고 말릿 가에 있는 도서관에서 곧장 나오는 길이었다. 에드워드가 다녔던 공립학교에서 매더는 완전히 봉이었다. 5.5피트가 될까 말까한 단신인데다 우스꽝스럽게 찌부러진 이목구비에 두꺼운 안경을 걸쳤고 미친 듯이 수다스럽고 영리했다. 하지만 그는 대학에 와서 전성기를 누렸고 명망 높은 인물로 꼽혔다. 중요한 재즈 음반들을 소장하고 있었고, 문학잡지 편집자였으며, 아직 출판되진 않았지만 단편소설 하나를 〈인카운터〉* 지가 받아주었고, 딱딱한 학생 자치회 토론의 분위기 메이커였으며, 썩 괜찮은 흉내쟁이였다. 맥밀런, 게이츠컬, 케네디뿐 아니라 엉터리 러시아

* 1953년 시인 스티븐 스펜더와 작가 어빙 크리스톨이 만든 영국 문학잡지.

어로 흐루시초프 흉내도 냈고 여러 아프리카 지도자들과 알 리드, 토니 행콕 같은 코미디언들의 흉내도 곧잘 낼 줄 알았다. 또 〈비욘드 더 프린지〉* 쇼에 나오는 목소리들과 촌극들을 죄다 재연할 수 있었고 역사 그룹에서도 단연 최고의 학생으로 평가받았다. 에드워드는 그가 한때 애써 피하려 했던 사람과 이제 우정을 맺고 지낸다는 사실이 살면서 이룬 발전이자 성숙의 징표라고 생각했다.

겨울철 주말 저녁 그 시간에, 소호는 이제 막 활기를 띠고 있었다. 선술집들은 만원이었지만 클럽들은 아직 문을 열지 않았고 인도도 그다지 붐비지 않았기 때문에, 앞에서 한 커플이 올드 콤튼 가를 따라 그들을 향해 걸어오고 있다는 것쯤은 금방 알아볼 수 있었다. 그들은 폭주족이었다. 남자는 이십대 중반의 덩치가 큰 치였는데 구레나룻이 길었고 징이 박힌 가죽 재킷에 쫙 달라붙는 청바지에 부츠를 신고 있었고, 그의 팔에 매달린 통통한 여자친구도 같은 복장이었다. 그런데 스쳐지나던 남자가 걸음도 멈추지 않고 갑자기 팔을 휘두르더니 손바닥으로 매더의 뒤통수를 한 대 찰싹 쳤다. 매더는 비틀거렸고 그 바람에 그의 버디 홀

* 영국 코미디 시사 풍자극으로 1960년대 초 영국 웨스트엔드와 미국 브로드웨이에서 공연되었다.

리[*] 스타일의 안경이 길바닥에 떨어져 나뒹굴었다. 그것은 매더의 키와 학구적인 외모에 대한, 혹은 유대인 같은 그의 생김새와 실제로 그가 유대인이라는 사실에 대한 우발적인 모욕행위였다. 어쩌면 여자를 감동시키거나 즐겁게 해줄 속셈이었는지도 몰랐다. 에드워드는 다짜고짜 커플을 뒤쫓았다. 헤럴드가 "안 돼", "하지 마" 같은 소리를 외치는 걸 들었지만, 그때 그의 귀에 들릴 리 없는 애원이었다. 에드워드라 해도 자신의 상태를 설명할 수 없었을 것이다. 절로 치밀어오른 분노에 점점 격앙된 그는 일종의 황홀경에 빠졌다. 오른손으로 남자의 어깨를 단단히 붙잡아 뱅 돌린 그는 왼손으로 멱살을 잡고 벽으로 밀어붙였다. 남자의 머리가 주철 배수관에 만족스러울 정도로 세게 부딪혔다. 에드워드는 여전히 남자의 멱살을 쥔 채 얼굴에 한 방 날렸다. 딱 한 방이었지만 주먹을 제대로 움켜쥐고 세게 때렸다. 그런 다음 그는 매더에게 돌아가 안경 찾는 걸 거들었다. 렌즈 한 짝이 깨져 있었다. 그들은 가던 길을 다시 갔다. 양손으로 얼굴을 감싸고 길바닥에 주저앉은 남자와 그 옆에서 안절부절못하는 여자친구를 뒤로한 채.

그날 저녁, 시간이 웬만큼 흐른 뒤에야 에드워드는 헤럴드 매

---

* 미국 로큰롤 가수로, 주로 두꺼운 검정색 뿔테 안경을 끼고 다녔다.

더가 그에게 고마워하지 않는다는 것과 그가 갑자기 과묵해졌다는 것, 아니 아예 그와는 말도 하지 않으려 한다는 것을 알게 되었다. 그리고 매더가 그 일을 마뜩잖아할 뿐만 아니라, 심지어 일종의 정신적 혼란까지 겪고 있다는 사실을 깨닫는 데 하루이틀 정도 더 걸렸다. 둘 다 그 싸움에 대해 친구들에게 입도 뻥끗하지 않았고, 이후에도 매더는 에드워드에게 그 사건에 대해 전혀 이야기하지 않았다. 대놓고 책망이라도 했더라면 차라리 안심이 되었으리라. 매더는 별달리 책망하는 기색도 없이 그에게 등을 돌렸다. 여러 사람이 모인 자리에서 둘은 계속 만났고 매더가 딱히 에드워드에게 거리를 두진 않았지만, 우정은 전과 같지 않았다. 매더가 떨어져나간 게 자신의 행동 때문이라는 생각이 들었을 때는 몹시 괴로웠지만, 그런 얘기를 꺼낼 용기가 없었다. 게다가 매더는 다시는 둘만 함께 있지 않겠다고 태도를 확실히 정한 것 같았다. 처음에 에드워드는 자신의 잘못이 매더의 굴욕을 목격함으로써 그의 자존심을 손상한 데 있다고 생각했다. 그때 자신이 그의 수호자를 자처한 것이 결과적으로 매더는 연약한 약골이고 자기는 강하다는 사실을 과시한 셈이 되어서 그의 굴욕감을 더 부채질했기 때문이라고 생각한 것이다. 나중에야 그는 자신의 행동이 그저 세련되지 못한 행동이었을 뿐이라는 걸 깨닫고는 창피한 마음이 이만저만이 아니었다. 길거리 싸움은 시와 아이러니, 비밥 음악, 역사 등과는 그 격이 달랐다. 그는 자신의 저속한 취향을 자책했다. 그는 자신이 생각했던 그런 사람이 아니었던 것이다. 그가 흥미로운 기행, 거친 미덕이라고 믿었던 것은 속물근성으로 판명되었다. 그는 맨주먹 한 방으로 친구를 감동시킬 수 있다고 생각한 촌뜨기에 편협한 멍청이였다. 그는 스스로 자기 부정적인 재평가를 내렸다. 그는 성인이 된 초기에 겪을 수 있는 전형적인 진전을 이루는 중이었다. 새로운 가치들이 존재하며 자신이 그것들에 의해 평가받고 싶다는 깨달음이었다. 그때부터 에드워드는 싸움을 멀리했다.

하지만 지금, 결혼 첫날밤에도 그는 자기 자신을 믿지 않았다. 시야 협착증이나 선택적 청각 상실증이 또다시 닥쳐와서 터빌히스의 겨울 안개처럼 자신을 휘감고 최근의, 좀더 세련된 자아를 지워버리는 일이 없으리라고 확신할 수가 없었던 것이다. 그는 플로렌스 곁에 앉아 그녀의 드레스 아래 손을 넣고 일 분 삼십 초 남짓한 시간 동안 그녀의 허벅지를 쓰다듬고 있었다. 그의 고통스러운 갈망은 참을 수 없을 정도로 높아져가고 있었고, 그는 자신의 이런 야만적인 성급함과 그것이 야기할지도 모를 성마른 말이나 행동, 그리고 이 밤이 그렇게 끝장나리라는 생각에 지레 겁을 먹고 있었다. 그는 그녀를 사랑했지만, 그녀를 흔들어 깨우고 싶었다. 아니 찰싹 한 대 쳐서, 등을 꼿꼿이 세운 그 악보대 자세와 노스 옥스퍼드 지역의 예의범절을 벗어던지게 한 다음, 그것이 얼마나 간단한 것인지 몸소 확인시켜주고 싶었다. 여기 무한한 감각적 자유가 있노라고, 선택하기만 하면 된다고, 내 몸으로 나 그대를 섬기겠습니다, 하고 서약하면서 교구 목사의 축복까지 받은 음탕하고 유쾌한 벌거벗은 자유. 그것은 그의 상상 속 허공에 자리 잡은 거대한 대성당처럼 치솟았다가 무너져내려 지붕도 없이 하늘을 향해 부챗살 지붕 모양의 잔해를 드러냈고, 그 위로 꼭 부둥켜안은 그들이 무중력 상태처럼 둥실 떠올라 서로의 몸을 가졌으며, 서로를 파도처럼 밀려오는 무상무념의 숨 막히는 황홀경 속에 빠뜨렸다. 이렇게 간단한 것을! 왜 지금 자기들은 그 위에 가 있지 않고, 어떻게 말해야 할지를 모르거나 감히 말할 수 없는 그 모든 것들에 억눌린 채 여기에 앉아 있기만 하는 것일까.

그리고 무엇이 그들을 방해하고 있는가? 그들의 성품과 과거가, 무지와 두려움과 소심함과 까탈스러움이, 권한과 경험, 느긋한 태도의 결핍이 그랬고, 그 다음엔 막장에 다다른 종교적 금기가, 영국인 특유의 민족성과 계급이, 그리고 역사 자체가 그들을 가로막고 있었다. 그뿐이었다. 그는 손을 거둬들이고 그녀를 끌어당겨 가능한 한 최대로 자제하면서 자신의 혀를 묶어둔 채 그녀의 입술에 키스했다. 그는 그녀가 자신의 팔을 베고 누울 수 있도록 그녀의 등을 받치고 조심스럽게 침대에 가로눕혔다. 그리고 자신도 누운 뒤, 팔베개를 해준 팔로 팔꿈치를 괴고 그녀를 내려다보았다. 그들이 움직일 때마다 음울하게 삐걱거리는 침대가 당연히 그들보다 훨씬 더 능숙하게 이 과정을 통과한 다른 모든 신혼부부들을 상기시켜주었다. 그는 시간을 거슬러올라가 그 신혼부부들의 엄숙한 줄이 복도로, 아래층으로 그리고 프런트까지 뻗어 있다는 망상에 갑자기 웃음이 터져 나오려는 것을 간신히 참았다. 이런 생각은 어서 지워야 했다. 코미디는 성욕을 막는 독이었다. 그는 또 그녀가 그를 무서워할지도 모른다는 생각을 떨쳐내야 했다. 그렇게 생각하고 있으면 아무것도 할 수 없다. 그의 팔에 안긴 그녀는 고분고분했고 그녀의 눈은 여전히 그에게 고정되어 있었지만, 긴장감이 풀린 얼굴은 표정을 읽기가 쉽지 않았다. 호흡도 마치 잠든 사람처럼 고르고 깊었다. 그는 그녀의 이름을 속삭이며 다시 한 번 사랑한다고 말했다. 그러자 그녀가 두 눈을 깜박이며 입술을 벌렸다. 그냥 동의한다는 뜻이거나 그의 사랑에 대한 답례일지도 모른다. 그는 노는 손으로 그녀의 속바지를 벗기기 시작했다. 그녀가 긴장했다. 하지만 그녀는 저항하지 않고 침대에서 엉덩이 전체를, 아니 반쯤만 들어올렸다. 또다시 매트리스 스프링인지 침대 틀인지가 봄 양*의 울음소리 같은 구슬픈 소리를 냈다. 아무리 노는 팔을 힘껏 뻗어도,

그녀에게 팔베개를 계속 해준 상태로는 무릎을 지나 발목 언저리까지 속바지를 끌어내리는 건 불가능했다. 그때 그녀가 무릎을 굽혀 일을 거들었다. 좋은 징조였다. 하지만 다시 드레스 지퍼에 손댈 엄두가 나지 않았다. 그녀의 브래지어는—언뜻 보니, 섬세한 레이스 장식이 달린 연청색 실크였다—잠시 제자리에 머물러 있어야 했다. 상상 속의 벌거벗은 포옹은 이젠 충분했다. 하지만 허벅지까지 올라온 드레스, 이불 위로 헝클어진 머리 타래를 펼치고서 팔베개를 하고 누워 있는 그녀의 모습은 지금 이대로도 충분히 아름다웠다. 태양의 여왕 같았다. 그들은 다시 키스했다. 그는 욕망과 우유부단 사이에서 욕지기가 났다. 벌거벗으려면, 뭔가 희망적인 구석이 있는 지금의 이 자세를 흐트러뜨려야 했고, 그럼으로써 마법이 깨질 위험을 무릅써야 했다. 자세가 살짝 바뀌고, 자질구레한 요인들이 결합하고, 작은 의심의 서풍西風들이 일기 시작하면, 그녀의 마음이 바뀔 수도 있었다. 하지만 그에겐 무작정 바지 지퍼만 내리고서 사랑을 나누는 건 관능과도 거리가 먼 천박한 행동이며 무례한 짓이라는 확고한 신념이 있었다.

몇 분이 흘렀다. 그는 침대 언저리의 고귀한 구역은 이런 진부

* 늦겨울이나 이른 봄에 나서 7월 1일 이전에 육용(肉用)으로 팔리는 어린 양.

한 과정들로 침해받지 않도록 남겨두려고 그녀 곁에서 빠져나와 창가로 향하면서 허둥지둥 옷을 벗었다. 그는 구두 뒤꿈치를 꺾고 구두를 잡아 빼낸 다음, 엄지손가락으로 양말을 날쌔게 잡아챘다. 그녀는 그를 바라보지 않고, 똑바로 누운 채 머리 위의 축 처진 침대 휘장을 올려다보고 있었다. 그는 순식간에 아랫도리는 알몸이 되었지만 셔츠와 넥타이, 손목시계는 그대로였다. 휘장이 쳐진 공공기념비처럼, 그가 발기했다는 사실을 얼마간 감추기도 하고 또 얼마간 강조하기도 하는 셔츠는 어찌됐든 그녀의 드레스가 설정한 규약을 정중히 받아들이고 있었다. 넥타이는 분명 안 어울렸다. 그는 그녀에게 돌아가면서 한 손으로 넥타이를 휙 잡아당겼다. 그 사이 다른 한 손은 셔츠 윗단추를 풀었다. 자신감에 찬 우쭐대는 동작이었다. 그 순간, 그가 한때 자기 자신에 대해 품었던 생각, 잘 다듬어지진 않았지만 근본은 점잖고 능력 있는 사나이라는 생각이 되살아났다가 이내 사라졌다. 헤럴드 매더의 유령이 아직도 그를 괴롭히고 있었던 것이다.

*

플로렌스는 일어나 앉기는커녕 그 자세에서 꼼짝도 하지 않기로 마음먹었다. 그녀는 등을 대고 누운 채로, 아마도 옛 영국의 차가운 석조성石造城과 궁정 연애를 떠올리게 할 요량으로 제작된 기둥 위에 쳐진 비스킷 색의 주름진 천을 뚫어지게 올려다보았다. 고르지 못한 직조 솜씨, 동전 크기만 한 녹색 얼룩—어쩌다 저기에 저런 게 생겼을까?—그리고 천에서 늘어져 바람이 불 때마다 나풀대는 실 한 오라기에 시선을 집중했다. 그녀는 당장의 미래나 과거에 대해 생각하지 않으려 애쓰고 있었다. 그리고 자신이 이 순간에, 소중한 현재에 매달려 있다고 상상했다. 로프도 없이 절벽에 매달린 등반가처럼, 바위에 얼굴을 바짝 대고 감히 움직일 엄두조차 내지 못하고 있는 그런 자신을 상상했다. 시원한 바람이 그녀의 맨다리를 기분 좋게 스치고 지나갔다. 그녀는 먼 파도 소리, 재갈매기 울음소리, 에드워드가 옷 벗는 소리에 귀를 기울였다. 여하튼 과거는 찾아왔다. 아득한 과거를 불러낸 것은 바다 냄새였다. 열두 살의 그녀는 반짝반짝 윤이 나는 마호가니로 옆구리를 댄 비좁은 침대 위에 지금처럼 가만히 누워 온몸을 떨면서 기다리고 있었다. 정신 나간 사람처럼 멍한 상태였고, 부끄럽고 창피한 기분이었다. 이틀 동안의 항해 끝에 부녀는 셰르부르 남단의 고요한 카르트레 항구에 정박해 있었다. 늦은 저녁이었고, 아버지는 침침하고 비좁은 선실을 돌아다니며 지금의 에드워드처럼 옷을 벗고 있었다. 옷 바스락대는 소리와 끌러놓은 허리띠에선지, 열쇠나 동전에선지 쇠가 짤랑대며 부딪치는 소리가 기억났다. 그때 그녀가 할 수 있었던 유일한 일은 눈을 꼭 감은 채 좋아하는 노래를 떠올리는 것이었다. 아니, 어떤 노래라도. 험한 항해를 끝낸 배의 밀폐된 공기 속에서 거의 썩어가고 있었던 달콤한 음식 냄새도 떠올랐다. 그녀는 항해중에 여러 번 멀미를 했기 때문에 선원으로서는 아버지에게 아무짝에도 쓸모가 없었고, 아마도 분명히 그 때문에 수치심을 느꼈을 것이다.

당장의 미래에 대한 생각도 피할 수 없기는 마찬가지였다. 그녀의 소망은, 무슨 일이 닥치든 간에 아까 그 온몸으로 퍼졌던 기분 좋은 감각과 비슷한 느낌을 회복하는 것이었고, 그 느낌이 점점 커져서 자신을 압도하고 두려움까지 마비시키면 자신은 수치감에서 해방되리라는 것이었다. 하지만 그럴 것 같지 않았다. 그 느낌에 대한 참된 기억, 자신이 그 느낌에 흠뻑 빠졌었고 또 그 느낌이 어땠는지 정확히 안다는 진실에 대한 기억은 이미 하나의 무미건조한 역사적 사실로 응축되어 있었기 때문이다. 그것은 헤이스팅스 전투*처럼 한때 벌어진 일이었다. 그래도 그 느

* 1066년 노르만정복 때 잉글랜드의 헤이스팅스에서 벌어진 전투. 이 전투에서 앵글로색슨계 왕 헤럴드를 격파한 노르망디공(公)이 윌리엄 1세로 등극하여 노르만 왕조를 열었다.

낌은 그녀의 유일한 기회였기에 소중했고, 마치 섬세하고 고풍스런 크리스털처럼 놓치기 십상이어서, 그녀에겐 움직이지 말아야 할 또 하나의 좋은 구실이기도 했다.

에드워드가 침대로 올라오면서 침대가 푹 꺼지고 흔들리는 게 느껴졌다. 천장 대신 그의 얼굴이 시야를 채웠다. 그가 머리 밑에 팔을 끼워 넣었고, 다시 베개 노릇을 할 수 있도록 그녀는 순순히 고개를 들었다. 그는 그녀를 바짝 잡아끌어 온몸을 밀착시켰다. 그녀는 그의 검은 콧구멍을 들여다보았다. 그의 왼쪽 콧구멍에 나 있는, 동굴 앞에서 허리를 굽히고 있는 사람처럼 꺾인 코털 하나가 숨을 내쉴 때마다 바르르 떨렸다. 그녀는 배지 모양처럼 움푹 팬 선이 뚜렷한 그의 윗입술이 좋았다. 그의 인중 오른쪽에 빨간 게 묻어 있었는데, 여드름이 이제 나려는 것인지 났다가 없어지는 중인지 좁쌀만 한 게 봉긋 솟아 있었다. 엉덩이께에 그의 발기한 성기가 느껴졌다. 빗자루처럼 딱딱한 것이 팔딱팔딱 뛰고 있었다. 그런데 놀랍게도 그다지 싫지가 않았다. 그녀가 원하지 않는 건, 아직은 받아들일 수 없는 건, 그것을 직접 보는 것이었다.

에드워드는 이 재결합에 도장을 찍기 위해 고개를 숙이고 그녀에게 키스했다. 하지만 그의 혀는 간신히 그녀의 혀끝을 살짝 스쳤을 뿐이었고 그녀는 그것이 역시나 고마울 따름이었다. 아래층 바에서 아무 소리도—라디오 소리도, 말소리도—들려오지 않는다는 것을 의식하면서 그들은 "사랑해" 하고 속삭였다. 비록 나지막하게나마 그들을 묶어주는 시들지 않는 문구 "사랑해"라는 말을 외고 있자니 마음이 편안해졌다. 이는 분명 그들의 관심사가 서로 동일하다는 것을 입증하는 것이었다. 그녀는 어쩌면 자신이 끝까지 해낼 수 있지 않을까, 그를 감쪽같이 속일 수 있을 만큼 충분히 강해질 수도 있지 않을까, 그리고 스스로 솔직하게 쾌락을 발견하고 나누게 되기 전까지는, 이런 기회들이 나중에도 잇달아 생김으로써 그 익숙함 덕분에 자신의 불안감이 줄어들 수도 있지 않을까 하고 생각했다. 그는 전혀 알 필요가 없었다. 적어도 새로운 자신감이 주는 훈훈함에 절로 이야기할 마음이 생긴 그녀가 재미난 이야기라며 그에게 말하게 되기 전까지는. 그땐, 자기가 아무것도 모르는 여자애였을 때는, 바보 같은 두려움 때문에 비참했었다고. 지금도 그가 젖가슴을 만지는 게 싫지는 않았다. 한때는 그러기만 해도 움찔하지 않았었던가. 바로 여기에 희망이 있었다. 그녀는 희망이 보인다는 생각에 그의 가슴에 더 가까이 밀착했다. 그녀의 추측으로 그가 셔츠를 걸치고 있는 건 피임기구를 윗주머니에 넣어두었다가 더 쉽게 꺼내기 위해서인 것 같았다. 그녀의 몸을 아래위로 더듬던 그의 손이 치맛단을 허리까지 끌어올리고 있었다. 그가 자신과 섹스를 했던 여자들에 대해 한 번도 말한 적이 없었지만, 그녀는 그가 경험이 풍부할 것이라고 확신하고 있었다. 열린 창으로 불어오는 여름바람이 드러난 그녀의 음모를 간질이는 게 느껴졌다. 그녀는 이미 새로운 영역으로 깊이 들어가 있었다. 돌아오기엔 너무 멀었다.

플로렌스는 사랑의 전주前奏가 이처럼 강도 높고 조심스런 침묵 속에서 이루어지는 무언극이라고는 단 한 번도 생각해본 적이 없었다. 하지만 "나는 당신을 사랑해"라는 명백한 세 마디 말 외에, 꾸며낸 것 같거나 바보처럼 들리지 않는 말을 생각해낼 수가 없었다. 또한 그가 아무 말도 없었기 때문에 이런 침묵 또한 관례임에 틀림없다고 그녀는 생각했다. 노스 옥스퍼드의 그녀 침실에서 옷을 차려입은 채로 둘이 오후 내내 시간을 죽이면서 빈둥거릴 때 속삭였던 바보스러운 애정 표현들을 지금 할 수 있었더라면 더 좋았을 터였다. 그녀는 공포라는 악마가 자신을 압도할 준비가 되어 있다는 것을 알고 있었다. 그 악마를 제지하려면 그에게 친밀감을 느껴야만 했다. 그녀는 그가 자신과 함께 있고, 자기편이며 자신을 이용하지 않으리라는 것을, 또 그가 자신의 친구이고 상냥하고 온화한 사람이라는 것을 계속 확인받고 싶었다. 그러지 않으면 모든 게 매우 쓸쓸한 방식으로 어긋나버릴 수도 있었다. 그녀에게 사랑을 초월하는 이런 확신을 줄 수 있는 사람은 오직 그뿐이었다. 그래서 그녀는 끝내 무심결에 "뭐라고 말 좀 해봐" 하고 정신 나간 명령을 내뱉고야 말았다.

즉각 길조가 나타났다. 순간 그의 손이 갑자기 멈췄던 것이다. 아까 있던 곳에서 그다지 멀지 않은, 배꼽 몇 인치 아래에서였다. 그가 그녀를 내려다보았다. 긴장한 건지, 막 미소를 지으려는 건지 아니면 뭔가 할 말이 떠오른 건지, 입술이 약간 떨리고 있었다.

천만다행히도 그는 그녀의 신호를 놓치지 않고 예전의 그 익숙한 바보스러움을 회복하며 엄숙하게 말했다.

"당신은 사랑스런 얼굴, 아름다운 천성, 섹시한 팔꿈치와 발목을 가졌어. 모든 남자들이 숭배해야만 하는 쇄골, 피각*, 비브라토**도 지녔지. 하지만 당신은 송두리째 내 거야. 그래서 난 너무 기쁘고 자랑스러워."

"아주 좋아, 내 비브라토에 키스하도록 허락할게."

그녀가 말했다.

그는 그녀의 왼쪽 손을 잡고 입으로 다섯 손가락 끝을 차례로 빨더니, 바이올린 연주자의 굳은살에 혀를 갖다 댔다. 그리고 두

---

* 피부의 각질이 쌓인 뿔 모양의 돌기물. 플로렌스의 손의 굳은살을 가리킨다.

** 연주에서 악기의 소리가 떨리게 하는 기법. 여기서는 이런 기법에 능숙한 플로렌스의 손을 빗대어 장난스럽게 표현했다.

사람은 키스했다. 플로렌스가 비교적 낙관적으로 생각하고 있던 바로 그 순간에 그의 팔이 팽팽해지는 게 느껴졌다. 그러다 갑자기 그는 운동선수처럼 능숙하게 몸을 한 번 굴리더니 그녀 위로 올라탔다. 비록 그녀의 머리 양쪽에 두 팔뚝을 대고 대부분의 몸무게를 지탱했지만, 그녀는 그에게 꼼짝없이 눌려 어찌할 바를 몰랐고 그의 거구 밑에서 숨쉬기도 약간 곤란했다. 그녀는 그가 다시 한 번 그녀의 음부를 쓰다듬으며 그 이상야릇하고 전신으로 퍼지는 짜릿함을 발동시켜줬으면 하고 바랐다. 그가 좀더 시간을 끌지 않아 실망스러웠다. 하지만 그녀가 곧바로 골몰한 생각은—혐오감이나 두려움에서 일보 전진한 반응이었다—겉으로는 계속 아무렇지도 않은 척함으로써 그의 기분을 상하게 만들지도, 스스로를 수치스럽게도 하지 않고, 그가 알았던 모든 여자들 중에서 자신이 한심한 선택으로 여겨지게 하지도 않으리라는 것이었다. 꼭 해내리라. 침착해 보이려는 것이 그녀에게 얼마나 힘들고, 얼마나 희생을 요하는 일인지 그가 절대로 모르게 하리라. 그녀에겐 그를 기쁘게 하고 이 밤을 성공적으로 보내는 것 말고는 아무것도 바라는 게 없었다. 야릇하게 차가운 그의 성기 끝이 반복해서 자신의 요도를 찌르며 그 주위에 부딪히고 있다는 것을 느낄 뿐, 그외엔 아무 감각도 없었다. 그녀는 자신이 공포와 역겨움을 잘 통제하고 있다고 생각했다. 그녀는 에드워드를 사랑했고, 그녀의 생각은 그가 그리도 간절히 원하는 것을 갖도록 도와줌으로써 그가 자신을 더욱더 사랑하게 만드는 데 쏠려 있었다. 바로 그런 생각으로 그녀는 오른손을 그와 자신의 사타구니 사이에 슬며시 집어넣었다. 그녀의 손이 들어갈 수 있도록 그가 몸을 약간 들어올렸다. 그녀는 신부가 "남자를 안으로 인도"하는 것만큼 바람직한 일도 없다는 그 빨간 안내서의 조언을 기억해낸 자신이 만족스러웠다.

제일 먼저 고환이 만져졌다. 하지만 이제는 두렵지 않았다. 그녀는 뻣뻣한 털로 뒤덮인 이 무지막지한 부위를 다섯 손가락을 구부려 부드럽게 쥐었다. 물론 예전에 개나 말에 달린 다른 모양의 고환을 보긴 했지만 그런 걸 성인 인간이 편안하게 달고 다닐 수 있으리라곤 가히 생각조차 하지 못했다. 고환 아래쪽을 훑던 손가락은 성기 뿌리에 닿았고 그것이 얼마나 민감한지 또는 억센지 전혀 몰랐던 그녀는 굉장히 조심스럽게 성기를 잡았다. 성기를 손가락으로 쭉 따라가면서 흥미로웠던 것은 피부가 비단결 같다는 사실이었다. 그렇게 손가락은 그 끝까지 왔고 그녀는 그 부분을 가볍게 쓰다듬었다. 그녀는 자신의 대담함에 스스로 놀라면서 다시 약간 아래쪽으로 손을 이동했고, 중간쯤 되는 지점에서 그것을 손에 단단히 쥔 다음, 자신의 음순에 막 닿는 게 느껴질 때까지 아래로 잡아당기며 살짝 조절했다.

지금 자신이 얼마나 끔찍한 실수를 저지르고 있는지 그녀가 어찌 알 수 있었겠는가? 그걸 잡아당기는 게 아니었던가? 너무 꽉 쥐었나? 그가 비명을, 괴로워하며 알아들을 수 없는 모음들을 점점 더 크게 내지르기 시작한 것이다. 언젠가 코미디 영화에서 한 웨이터가 산더미처럼 쌓인 수프 접시를 들고 이쪽저쪽으로 갈팡질팡하다가 막 떨어뜨릴 것 같은 순간에 내지르던 그런 소리였다.

겁에 질린 그녀가 손을 놓았다. 에드워드는 당혹스러운 표정을 지으며 몸을 일으키더니 경련으로 인해 근육질의 등을 구부린 채 그녀에게 뭉텅뭉텅 배출해냈다. 세차게 많이도 쏟아냈지만 그 양은 차차 줄어들어갔다. 미지근하고 끈적끈적한 액체가 그녀의 배꼽을 채웠고 아랫배, 허벅지뿐 아니라 아래턱 일부와 종지뼈까지 온통 덧칠을 해놓았다. 대재앙이었다. 그녀는 이 모든 게 자신의 잘못임을, 자기가 서툴고 무지하고 멍청했음을 즉각 알았다. 쓸데없이 끼어들지 말아야 했고 안내서 따위는 절대로 믿지 말았어야 했다. 그의 경정맥頸靜脈이 터졌더라도 이보다 더 끔찍하지는 않았으리라. 무시무시하게 복잡한 문제에 참견하는 자만심이라니, 이 얼마나 그녀다운 행동인지! 이럴 때는 현악 사중주 리허설 때의 태도가 전혀 먹히지 않는다는 것을 충분히 깨닫고 있어야 했던 것이다.

그리고 또다른 요소가 있었다. 그녀가 오래전에 자기 것이 아니라고 치부해버린 기억들을 소환하는, 훨씬 더 심각하고 통제 불가능한 것이었다. 삼십 초 전만 해도 그녀는 감정을 통제하고 짐짓 침착한 척하는 자기 자신을 자랑스러워했었다. 하지만 지금은 다른 사람의 몸에서 나온 끈적끈적한 체액을 뒤집어쓰는 것에 대한 원초적인 혐오감과 본능적인 공포를 억누를 수가 없었다. 피부에 묻은 그것은 바닷바람 때문에 순식간에 얼음처럼 차가워졌지만 그녀가 예상했던 대로 온몸을 태우는 것만 같았다. 그녀 안에 있는 그 어떤 본성도 그녀가 즉각 혐오감에 치를 떨며 내지른 비명을 막을 수는 없었으리라. 여러 줄로 자신의 피부를 스멀스멀 기어다니는 걸쭉한 액체의 느낌, 낯선 우윳빛 색깔, 까마득한 옛날에 유폐시켰던 그 썩은 내 나는 수치스러운 비밀의 악취까지 달고 온 친숙한 전분 냄새. 그녀는 어쩔 도리가 없었다. 그것을 제거해야만 했다.

자기 앞에서 잔뜩 움츠리고 있는 에드워드를 외면한 채 플로렌스는 몸을 돌리고 무릎으로 어기적어기적 기어서 이불 밑에서 베개 하나를 낚아채고는 미친 듯이 온몸을 닦아냈다. 그러는 와중에도 그녀는 자신의 행동이 얼마나 꼴불견에 매너 없는 짓인지, 그녀가 이리도 필사적으로 피부에서 그의 일부를 제거하는 모습을 바라보며 그가 얼마나 더 비참해질지 잘 알고 있었다. 그리고 사실 그건 쉽지 않은 일이었다. 그것은 그녀가 문댈수록 더 욱더 달라붙었고 일부는 이미 표면이 갈라질 정도로 말라가고 있었다. 그녀의 자아는 두 개로 분리되었다. 하나는 악에 받쳐서 베개를 내동댕이치는 자아였고, 다른 하나는 그 꼴을 보고 그런 자신을 증오하는 자아였다. 그가 그런 그녀를, 그가 어리석게도 결혼해버리고만 가혹하고 히스테리컬한 여자를 지켜봐야 한다는 건 참을 수 없는 일이었다. 그녀는 그가 지금 목격하고 있는 것 때문에 그를 미워할 수도 있었고 또 그 사실은 결코 잊혀지지 않을 터였다. 그에게서 도망쳐야만 했다.

분노와 수치심으로 광분한 그녀가 침대를 박차고 나왔다. 하지만 여전히, 그녀를 지켜보고 있는 또다른 자아가 꼭 말을 통해서라고는 할 수 없었지만, 이렇게 침착하게 타이르고 있는 듯했다. 바로 이런 걸 보고 미쳤다고 하는 거야. 그녀는 에드워드를 쳐다볼 수가 없었다. 자신의 이런 모습을 알고 있는 누군가와 함께 그 방에 남아 있는다는 건 고문이었다. 그녀는 바닥에서 신발을 낚아채곤 거실로, 먹다 남은 음식의 잔해를 지나 복도로, 계단 아래로, 중앙 현관을 지나 바깥으로, 호텔 측면을 돌아 이끼 가득한 잔디밭으로 내달렸다. 그리고 마침내 해변에 도착했을 때도 그녀는 멈추지 않았다.

4장

성 자일스에서 처음 플로렌스를 만나고 일 년 뒤에 거기서 채 반 마일도 안 되는 성 메리 교회에서 결혼식을 올린 에드워드는, 첫 만남과 결혼식 사이의 그 짧은 일 년 동안 밴버리 가 외곽의 으리으리한 빅토리아 식 빌라를 드나들며 종종 하룻밤 식객 노릇을 했다. 바이얼릿 폰팅은 식구들끼리 "작은방"이라고 부르는 방을 그에게 내줬다. 얌전하게도 플로렌스의 방에서 멀찍이 떨어진 꼭대기층 방이었는데, 길이가 백 야드쯤 되는 담장 두른 정원과 그뒤로 단과대학인지 노인네들이 사는 집인지 알 수 없는—알아보려고 한 적도 없었다—건물의 마당이 내려다보였다. 그 '작은방'은 터빌 히스에 있는 그의 집 어느 침실보다도 컸다. 아마 거실보다 컸을 것이다. 한쪽 벽은 하얗게 칠한 평범한 서가로 꽉 차 있었는데 라틴어와 그리스어로 씌어진 러브 고전 시리즈*가 꽂혀져 있었다. 에드워드는 비록 자신은 에픽테토스, 스트라보** 따위를 보란 듯이 침대 곁 탁자에 놓아둠으로써 남을 속이려는 행동은 결코 하지 않으리란 걸 알았지만 그래도 진지한 학문과 연결되어 있다는 게 좋았다. 집 안의 여느 곳과 마찬가지로 작은방 벽 역시 이국적으로 온통 새하얗게—폰팅 가의 소유지엔 꽃무늬나 줄무늬 벽지 따윈 자투리조차 없었다—칠해져 있었고, 생 널빤지를 깐 바닥은 그냥 맨바닥이었다. 층계참 쪽엔 널따란 화장실이 있었고, 창문도 색유리와 니스 칠을 한 코르크 타일을 댄 빅토리아풍 창이었는데—이 또한 색다른 것이었다—그는 이 꼭대기 층을 혼자 다 썼다.

침대는 널찍했고 유달리 딱딱했다. 지붕 비탈 아래 한쪽 구석에 앵글포이즈 램프***와 파랗게 칠한 부엌 의자가 딸린 허접한 전나무 탁자가 놓여 있었다. 그림, 양탄자, 장식품, 동강난 잡지 같은 것은 말할 것도 없고, 취미생활이나 무언가를 했던 흔적조차 전혀 없었다. 그는 태어나서 처음으로 주변을 말끔히 정돈하

---

* 제임스 러브(James Loeb)가 기획한, 그리스어 및 라틴어를 영어로 번역한 그리스 라틴 고전 문학 총서.

** 그리스 스토아학파 철학자와 지리학자·역사학자.

*** 영국 디자이너 조지 카와딘이 고안한, 모든 각도로 움직이는 램프.

려고 어지간히 노력했다. 이 방은 그가 알았던 그 어떤 방하고도 달랐다. 산만하지 않게 생각을 차분히 가다듬을 수 있는 방이었다. 어느 찬란한 십일월의 자정에 바이얼릿과 제프리 폰팅 부부에게 그들의 딸과 결혼하고 싶다는 자신의 야망을 공식적으로 선언하는 편지를 쓴 곳도 바로 이곳이었다. 딱히 부부의 허락을 구한다기보다는 그들의 승인을 자신하며 쓴 편지였다.

그의 예상은 빗나가지 않았다. 폰팅 부부는 기뻐하는 듯 보였고, 어느 일요일 랜돌프 호텔에서 가족 외식으로 약혼을 기념했다. 에드워드는 그들이 자신을 폰팅 가의 일원으로 기꺼이 맞아주었다는 사실에 놀라지 않았다. 그는 그 정도로 세상물정에 어두웠다. 플로렌스의 고정적인 남자친구로서, 그리고 이젠 약혼자로서, 모든 것을 당연한 대접으로 받아들였던 것이다. 히치하이크를 하거나 기차를 타고 헨리에서 옥스퍼드에 오면 그가 머물 방은 언제나 그곳에 있었고, 영국 정부와 세상 돌아가는 형편에 대한 그의 의견에 귀 기울이는 식사 자리도 늘 있었으며, 서재뿐 아니라 크로케를 칠 수 있는 정원, 따로 구획된 배드민턴 코트도 제 집처럼 드나들 수 있었다. 그의 빨랫감이 폰팅 식구들의 것에 섞여들어가더니, 주말에 한 번씩 와서 청소해주는 아주머니의 호의로 다림질한 깨끗한 세탁물이 되어 침대 끝 담요 위에 나타났을 때에도 고마운 마음은 있었지만 전혀 놀라지 않왔다.

제프리 폰팅이 서머스톤의 잔디 코트에서 그와 함께 테니스를 치고 싶어하는 것도 으레 있는 일이지 싶었다. 에드워드의 테니스 실력은 보통이었다. 큰 키를 이용한 서브가 쓸 만했고 이따금 베이스라인에서 둔중한 샷을 날리기도 했다. 하지만 네트 쪽으로만 오면 서툴고 바보 같았는데 그는 자신의 반항적인 백핸드에 믿음이 가지 않아 코트 왼쪽에서 공을 쫓는 편을 선호했다. 그는 여자친구의 아버지에게 약간 겁을 먹고 있었다. 아예 일리가 없는 것도 아니었지만 어쨌든 제프리 폰팅이 자신을 순전히 딸의 순결을 짓밟을 속셈으로 왔다가 곧 꿍꾸니를 내뺄 침입자나 사기꾼, 도둑으로 생각할까봐 걱정했기 때문이었다. 차를 몰고 코트로 가는 동안에도 에드워드는 게임에 대해 걱정했다. 이겨도 무례한 행동이 될 터였지만, 어느 정도 상대할 만한 적수가 되지 못하면 게임을 제안한 사람의 시간만 허비할 터였기 때문이었다. 그런데 이래저래 괜한 걱정만 한 셈이었다. 폰팅 씨는 수준이 달랐다. 빠르고 정확한 스트로크에 쉰다섯 살의 나이치곤 놀라운 체력으로 펄펄 날아다니며 첫 세트는 6:1, 두번째 세트, 마지막 세트도 6:0, 6:1로 따낸 것이다. 심각한 문제는 에드워드가 간신히 한 점이라도 뽑아낼 때마다 폰팅 씨가 격분했다는 점이었다. 나이 든 선수는 제 위치로 돌아가면서 으르렁대며 스스로 일장 연설을 퍼붓곤 했다. 에드워드가 반대편 코트 끝에서 알아들은 바로는 폰팅 씨 자신에 대한 폭력적인 위협이 담긴 윽박지름이었다. 아닌 게 아니라, 폰팅 씨는 이따금씩 라켓으로 자신의 오른쪽 엉덩이를 후려쳤다. 그가 원하는 것은 단순한 승리나 수월한 승리가 아니었다. 한 점도 내주고 싶지 않았던 것이다. 첫 세트, 마지막 세트에서 내준 두 게임과 스스로 자초한 몇 가지 실책들 때문에 그는 거의 비명에 가까운 소리를 내질렀다 오, 돌아버리겠군! 왜 이따위야! 하지만 집으로 돌아오는 차 안에서 폰팅 씨의 말투는 교양이 있었고, 에드워드도 적어도 자신이 세 세트에 걸쳐 따낸 12점을 나름 승리였다고 해석할 수 있었다. 만일에 그가 게임을 이겼더라면, 다시는 플로렌스를 볼 수 없었을지도 모르는 일이었다.

제프리 폰팅은 대체로 에드워드에게 싹싹하게 구는 편이었다. 특유의 팽팽한 긴장감마저 감도는 정력적인 대우였다. 그가 저녁 일곱시께 일을 마치고 집으로 돌아왔을 때 에드워드가 집에 와 있으면 그와 함께 마시기 위해 찬장에서 토닉과 진을 반씩 섞고 얼음을 많이 넣은 진토닉을 내왔다. 에드워드에게 얼음 넣은 술은 새로운 것이었다. 둘은 정원에 앉아 정치에 대해 이야기했다. 영국 경기가 쇠퇴하고 있네, 노동조합 간에 관할 논쟁이 불붙었네, 아프리카 식민지들에게 독립권을 내주는 그런 어리석은 짓이 어디 있나 하는 미래의 장인어른의 말씀을 에드워드가 잠자코 들어주는 식이었다. 폰팅 씨가 앉아 있을 때조차도 에드워드는 긴장을 풀 수 없었다. 그는 언제든 발딱 일어설 수 있도록 의자 끝에 간신히 걸터앉았고, 말할 때는 다리를 아래위로 떨거나 머릿속 리듬에 맞춰 샌들 속 발가락들을 꿈틀거렸다. 폰팅 씨는 에드워드보다 한참 작았지만, 일할 때조차도 짧은 소매로 내보이며 과시하고 싶어하는 금빛 털로 뒤덮인 근육질 팔을 지닌 건장한 체격이었다. 그의 대머리마저도 나이보다는 힘을 증언하는 것처럼 보였다. 널찍한 두개골 위로 햇볕에 탄 피부가 마치 바람 받은 돛처럼 매끈하고 팽팽하게 펼쳐져 있었다. 얼굴 또한 큼직했는데 삐쭉 튀어나온 통통한 작은 입술은 앙다문 모습이 결연해 보였고, 코는 단추처럼 작고 둥근 모양이었으며, 미간이 꽤 넓어서 어떻게 보면 거대한 태아를 연상시켰다.

플로렌스는 그들의 이 정원 한담에 끼고 싶어하는 기색이 전혀 없었고, 어쩌면 폰팅 씨도 그녀가 그 자리에 오는 것을 원하지 않았는지도 모른다. 에드워드가 아는 한, 아버지와 딸은 여럿이 있는 자리가 아니면 서로 말을 주고받는 일이 거의 없었다. 또 여럿이 있는 자리에서도 시시한 얘기만 나눴다. 그는 부녀가 서로를 굉장히 의식하고 있다고 생각했고, 다른 사람들이 이야기할 때 마치 비밀스러운 비평을 공유하듯 둘만의 눈빛을 교환

한다는 인상을 받았다. 폰팅 씨는 늘 루스의 어깨에 팔을 두르고 있었지만, 에드워드가 보는 앞에서 루스의 언니인 플로렌스를 안아준 적은 단 한 번도 없었다. 그럼에도 불구하고, 폰팅 씨는 이야기 도중에 "플로렌스와 자네"니 "너희 젊은 사람들"이니 하는 말을 여러 번 입에 올림으로써 에드워드에게 만족감을 주었다. 약혼 소식에 흥분하여 랜돌프에서의 점심 자리를 마련하고 여섯 번이나 건배를 제안한 사람도 바이얼릿이 아니라 제프리였다. 문득 에드워드는 폰팅 씨가 자기 딸을 너무 주고 싶어하는 게 아닌가 하는 생각까지 했었다. 물론 진지하게 생각한 건 아니었지만.

플로렌스가 자기 아버지에게 에드워드를 회사에 취직시키면 어떻겠냐고 제안한 것도 그 즈음이었다. 어느 토요일 아침, 폰팅은 자신의 험버*에 에드워드를 태우고 휘트니 끄트머리에 있는 공장으로 갔다. 트랜지스터들로 꽉 채워진 전문 기계들을 고안하고 조립하는 공장이었다. 폰팅 씨는 아무렇지도 않은 듯 익숙한 납땜 냄새를 뚫고 뒤엉킨 작업대 사이를 지나갔다. 그의 뒤를 따르면서 과학과 기술에 압도된 에드워드는 폰팅 씨의 흥미를 끌 만한 질문을 단 하나도 생각해낼 수가 없었다. 그러다가 건물

* 토머스 험버 사가 제작한 고급 영국 자동차.

뒤쪽의 창문 없는 방에서 스물아홉 살짜리 영업 관리자를 만났을 때에야 약간 생기를 되찾았다. 그는 더럼대학에서 역사학위를 딴 사람이었는데 영국 북동부 지역의 중세 수도원 제도에 대해 박사논문을 썼다고 했다. 그날 저녁 토닉을 마시며, 폰팅 씨는 에드워드에게 일자리를 제안했다. 여행을 하면서 회사의 새로운 사업을 확보하는 일이라고 했다. 그러려면 상품에 대해, 약간의 전자공학에 대해, 그리고 아주 약간의 계약법에 대해 공부할 필요가 있었다. 아직 무슨 일을 하고 살지 아무 계획도 없고, 이 회의에서 저 회의로 이동하는 사이사이, 기차나 호텔 방에서 역사책을 집필하는 자신의 모습을 쉽사리 떠올릴 수 있었던 에드워드는 진짜 관심이 있어서라기보다는 공손한 마음에서 그 제안을 받아들였다.

에드워드가 자원한 집안일들 덕분에 폰팅 가에 대한 그의 유대감은 훨씬 더 긴밀해졌다. 1961년 여름에, 그는 여러 개의 잔디밭을 여러 번 깎았고—정원사는 몸이 아파서 부재중이었다—장작난로에 땔 통나무를 세 코드*나 쪼갰고, 폰팅 가의 다른 자동차인 오스틴 35를 운전했다. 이 차는 바이얼릿이 제2서재로 개조하고 싶어하는 방치된 차고에 처박혀 있었는데 고철 쓰레기

* 장작의 체적 단위로 1코드는 128평방피트이다.

에 가까운 것이었다. 바로 이 차로—그에게 험버는 절대 허락되지 않았다—그는 테임, 밴버리, 스트랫퍼드 등으로 플로렌스의 여동생 루스를 실어다주었고 또다시 데리고 왔다. 바이얼릿의 운전사 노릇도 했는데 한번은 쇼펜하우어 심포지엄에 가는 길에 그녀가 세기말 밀교에 대한 그의 관심에 대해 힐문한 적도 있었다. 밀교 추종자들을 양산하는 데 기근이나 사회변화가 수행한 역할이 무엇이었는가. 반유대주의와 교회 및 상인에 대한 공격으로 보건대, 그 밀교 운동이라는 것은 러시아 사회주의 혁명의 초기 형태로 볼 수 있지 않을까. 역시나 또 도발적인 질문이었지만, 핵전쟁은 현대판 계시록의 묵시가 아닐까. 우리는 언제나 우리의 역사와, 스스로 자멸을 꿈꾸는 우리 자신의 범죄적인 본성에서 자유로울 수 없지 않은가.

그는 자신의 지적인 열정이 시험대에 올랐다는 것을 의식하며 초조하게 대답했다. 윈체스터 외곽을 통과하던 중이었다. 백미러 가장자리로 그녀가 콤팩트를 꺼내 야위고 흰 얼굴에 분을 바르는 모습이 보였다. 그는 그녀의 창백하고 막대기 같은 팔과 날카로운 팔꿈치에 매료되었다. 그리곤 과연 저 여자가 플로렌스의 어머니일 수 있을까 하는 의문을 되새겨보았다. 하지만 지금 그는 운전을 해야 할 뿐만 아니라 온 정신을 집중해야 했다. 그는 이렇게 대답했다. 그때와 지금의 차이가 유사성보다 더 중요하다고 생각한다. 그 차이라는 건, 철기시대 이후의 한 신비주의자가 고안해냈고, 그 다음엔 그와 비슷한, 남에게 잘 속아 넘어가는 중세 신비주의자들이 윤색한 휘황찬란하고 터무니없는 판타지와, 인간의 힘으로 막을 수 있는, 일어날 수 있는 끔찍한 사건에 대한 이성적인 두려움의 차이라고.

그녀는 그가 자신의 말을 잘 이해하지 못했다고 말했다. 단호한 질책의 어조였고 대화를 끝내는 데는 효과만점이었다. 핵심은 중세의 밀교 숭배자들이 계시록과 세상의 종말에 대해서 틀렸다는 게 아니다. 물론 그들은 틀렸다. 하지만 그들은 자신들이 옳다고 열정적으로 믿었고 그들의 확신에 따라 행동했다. 비슷하게 자네도 핵무기가 세상을 파괴할 것이라고 진지하게 믿고 있고 그런 믿음에 따라 행동하고 있다. 여기서 중요한 것은 자네가 틀렸다거나 그런 무기가 세상을 전쟁으로부터 안전하게 보호해주고 있는 게 진실이라는 게 아니다. 결국 그 모든 건 전쟁을 저지하려는 게 목적이다. 당연히, 역사학자로서 자네는 저 몇 백년에 걸친 집단적인 망상들에 공통된 테마가 있다는 것에 대해 배웠을 것이다. 그녀가 그의 CND 후원을 세기말 종파에의 가담에 비유하고 있음을 파악한 그는 공손하게 물러섰고 그들은 마지막 반 마일을 침묵 속에서 달렸다. 또 한번은 바이얼릿을 첼트넘에 데려다주고 데려온 적도 있었다. 거기서 그녀는 레이디스

칼리지*의 육학년생들에게 옥스퍼드 교육의 혜택에 대해 강연을 했다.

그 자신의 생활도 빠르게 진행되고 있었다. 그해 여름 그는 레몬 오일 드레싱을 곁들인 샐러드와 아침식사에 나오는 요거트—제임스 본드 소설에서나 본 매혹적인 음식이었다—를 처음 먹어보았다. 그의 아버지가 시간에 쫓겨 만든 요리와 학창시절을 지배했던 파이와 감자튀김으로 말미암아, 그는 자기 앞에 정기적으로 놓이는 이상야릇한 야채들—가지, 풋고추, 홍고추, 쿠르제트, 망주투—을 즐길 준비가 미처 돼 있지 않았다. 처음 폰팅 가를 방문했을 때 그는 바이얼릿이 첫번째 코스로 데친 콩을 한 사발 내놓아서 놀라기도 했고 심지어는 약간 당황하기까지 했다. 마늘의 경우에도, 그 맛보다 명성에 대한 반감이 컸는데, 그것도 극복해야만 했다. 또 바게트 빵을 크루아상이라고 부른 적도 있는데, 그때 루스는 방에서 쫓겨날 때까지 몇 분 동안 계속 킬킬대고 웃었다. 그리고 일찌감치 크노이다트 반도의 세 먼로Munro**를 등반하러 스코틀랜드에 간 것 말고는 전혀 해외에 가본 적이 없다고 말함으로써 폰팅 가에 깊은 인상을 남겼다. 그

* 영국의 명문 여자 사립중등학교.

** 스코틀랜드에서는 휴 먼로 경(Sir Hugh Munro)의 이름을 따서 3,000피트 이상의 산을 먼로라고 부른다.

외에도 그가 생전 처음 본 것들이 허다했다. 뮈즐리, 올리브, 갓 빻은 후춧가루, 버터를 바르지 않은 빵, 안초비, 데친 양고기, 체다가 아닌 치즈, 라타투이, 대형 소시지, 부야베스, 감자 없이 먹는 전채 요리, 그리고 그중에서도 가장 흥미로웠던 건 비린내 나는 핑크빛 풀인 타라마 샐러드였다. 이 요리들은 대부분 밍밍하니 비위 상하는 맛만 났고, 콕 찍어 말할 순 없어도 서로 뭔가 비슷한 구석이 있었지만 그는 촌티를 내지 않기로 결심했다. 또 종종 너무 빨리 먹어서 거의 목이 막힐 뻔한 적도 있었다.

새로운 것들 중에서도 갓 빻아 내린 커피, 아침에 마시는 오렌지주스, 오리 냉채, 신선한 무화과 같은 것들에는 즉각 빠져들었다. 에드워드는 성공한 사업가와 대학교수의 결혼이라는 폰팅가의 상황이 얼마나 이례적인지 눈치 챌 만한 처지가 전혀 못 되었다. 한때 엘리자베스 데이비드*의 친구였던 바이얼릿은 요리혁명을 선도하며 살림을 꾸려나가는 한편, 학생들에게 유목민 이론과 정언명령**에 대해 강의하는 사람이었다. 에드워드는 이런 가정환경의 이국적인 화려함을 인식하지 못한 채 그것을 흡수하고 있었다. 이런 것이 옥스퍼드 교수들이 살아가는 일반적

---

* 이탈리아, 프랑스 요리를 영국 식탁에 들여온 영국의 유명 요리작가.

** 칸트 철학의 개념으로 행위의 결과에 구애됨 없이 그 자체가 선(善)이기 때문에 무조건 수행이 요구되는 도덕적 명령.

인 모습이려니 생각했던 그에겐 감동한 기색이 전혀 보이지 않았다.

사실, 그는 넋을 잃을 정도로 황홀했고 꿈속에서 살고 있었다. 이 따뜻한 여름 동안, 플로렌스에 대한 그의 욕망은 주위 환경과 분리될 수 없는 것이었다. 거대한 하얀 방들, 햇볕에 데워진 먼지 한 점 없는 나무바닥, 열린 창을 통해 집 안으로 불어들어오는, 온통 나무로 뒤엉킨 정원의 시원한 녹색 바람, 노스 옥스퍼드의 향기 나는 꽃들, 서재 탁자에 쌓인 새 양장본들. 아이리스 머독(바이얼릿의 친구였다)과 나보코프와 앵거스 윌슨의 신간. 스테레오 축음기와의 첫 만남. 어느 날 아침 플로렌스는 우아한 회색 상자에서 툭 튀어나온, 확성기 밖으로 노출된 빛나는 오렌지색 진공관과 허리까지 오는 스피커를 보여주더니 그를 위해 모차르트 〈하프너교향곡〉 판을 걸고 엄청나게 큰 소리로 들려주었다. 첫 소절의 옥타브 비약은 그 대담무쌍한 명쾌함으로 그를 사로잡았고—갑자기 오케스트라 전체가 그 앞에 펼쳐졌다—그는 주먹을 쳐들고 누가 듣든 말든 방 안 저 구석까지 플로렌스를 사랑한다고 외쳤다. 그녀에게든 누구에게든 그가 이런 말을 한 건 처음이었다. 그녀도 소리 없이 입으로 사랑한다고 되받아 외치며, 마침내 그가 클래식 음악에 감동을 받았다는 사실에 기뻐서 웃었다. 그는 방을 가로질러와서 그녀와 춤을 추려고 했지만,

갑자기 음악이 황급히 빨라지고 음이 교란되는 바람에 그들은 어정쩡하게 멈춰 섰다. 현기증 나는 음악이 주위에 소용돌이치는 가운데 두 사람은 그냥 서로 껴안은 채 서 있었다.

그의 협소한 인생 영역에서 이런 것들은 분명 특별한 경험이었다. 어떻게 짐짓 그렇지 않은 척할 수 있었겠는가? 하지만 그는 이런 생각에 골몰하지 않았다. 기질상 그는 자신의 내면을 찬찬히 들여다보는 사람도 아니었을뿐더러, 늘 발기된 상태나 혹은 발기된 것 같은 상태로 집 안을 돌아다니다보면 생각이 어느 정도 무뎌지거나 제한되었기 때문이다. 집 안의 무언의 규칙에 따라, 그는 그녀가 바이올린 연습을 하는 낮 시간 동안만 방문을 열어둔 채로 그녀의 침대에서 빈둥거릴 수 있었다. 원래 그는 책을 읽기로 되어 있었다. 하지만 그가 할 수 있는 거라곤 그녀를 지켜보면서 그녀의 맨팔과 머리띠, 곧은 등, 턱 아래 악기를 끼워넣을 때 기울어지는 사랑스런 턱선, 창에 비친 젖가슴의 곡선, 활을 켤 때마다 순면 치맛단이 햇볕에 그을린 종아리에서 흔들리는 모습, 위치를 바꾸거나 몸을 기울일 때 잔잔히 물결치는 종아리의 작은 근육들을 사랑하는 일밖에 없었다. 이따금 그녀는 음조나 구절법이 뭔가 불완전하다고 생각했는지 한숨을 내쉬곤 한 소절만 거듭 반복하며 연주했다. 그녀의 기분을 암시하는 또 다른 몸짓은, 악보대의 악보를 넘기고 갑자기 손목에 스냅을 준다거나 어떨 땐 망설이면서 앞장에 이어 계속 곡을 연주하다가 마침내 스스로 만족스러워하는 모습, 또는 새로운 즐거움을 기대하는 모습이었다. 그는 그가 곁에 있다는 것을 까맣게 잊고 집중해 있는 그녀에게 흥분했고 거의 감동하다시피 했다. 그녀는 몰입의 능력을 가진 반면, 그는 온종일 권태와 성적 자극이라는 어스름 속에서 보낼 수 있는 사람이었다. 한 시간 정도는 흘러야 그녀는 그가 거기에 있다는 사실을 상기하는 듯했다. 그리고 몸을 돌려 그에게 미소를 지어 보이긴 했지만 침대로 와서 그와 합석하는 일은 결코 없었다. 그녀를 꼼짝 못 하게 붙드는 것은 지독한 그 프로 근성이거나 혹은 또다른 집안 규약일지도 몰랐다.

그들은 맥주를 마시러 산책을 나갔다. 포트 메도를 지나 템스 강을 거슬러 올라가 퍼치나 트라우트에서 한잔했다. 서로의 감정을 이야기하고 있지 않을 때는—에드워드는 이런 대화가 이제 질리기 시작한 참이었다—자신의 포부에 대해서 얘기했다. 그는 위대한 사람들 곁에 잠시 머물렀거나 혹은 짧은 시간이지만 나름의 전성기를 누렸던, 반쯤 잊혀진 인물들에 관한 짧은 역사서 시리즈에 대해 상세히 설명했다. 로버트 캐리 경의 열광적인 북행北行과 그가 어떻게 낙마해서 피범벅이 된 얼굴로 제임스 6세의 궁정에 도착했는지, 그 혼신의 노력이 어떻게 무위로 돌아갔는지도 그녀에게 설명해주었다. 그때 바이얼릿과 대화한 후, 에드워드는 노만 콘의 중세 밀교도 중 한 사람을 거기에 추가하기로 결정했다. 그는 1360년대에 출현하여 채찍 고행을 했던 메시아로, 그와 그의 추종자들은 이사야의 예언자들이 그의 도래를 예언했다고 주장했다. 또 그리스도는 한낱 그의 전신前身에 지나지 않는데 그가 신 자체일뿐더러 심판의 날의 제왕이기 때문이라고 했다. 채찍 고행을 하는 추종자들은 그에게 노예처럼 복종했고 기도했다. 그의 이름은 콘라트 슈미트였고 아마도 1368년 종교재판 때 화형당했을 것이다. 이후 그를 따랐던 거대한 추종 세력은 흔적도 없이 사라져버렸다. 에드워드의 전망에 따르면, 각 역사서는 200쪽을 넘기지 않을 터였고, 펭귄 출판사에서 삽화본으로 간행하다가 시리즈가 완성되면 특별 박스 세트로 판매할 수 있을 터였다.

당연히 플로렌스는 에니스머 사중주단의 계획에 대해 이야기했다. 일주일 전에 단원들이 모교에 갔었는데 거기서 그녀의 지도교수를 위해 베토벤의 〈라주모프스키 현악사중주〉 제2번 전곡을 연주했다. 교수는 흥분을 감추지 못했고 곧바로 단원들에게 장래성이 있으니 어떤 희생을 치르더라도 함께 뭉쳐서 계속 열심히 연습해야 한다고 말했다. 또 레퍼토리에 구심점이 있어야 하니까 하이든, 모차르트, 베토벤, 슈베르트 등에만 집중하고 슈만과 브람스, 그리고 20세기 작곡가들은 죄다 나중으로 미뤄둬야 한다고도 했다. 플로렌스는 에드워드에게 자기가 원하는 것이 바로 이런 삶이며, 자기는 아무 오케스트라의 한직이나 꿰차고 앉아 그래도 한자리 얻었다고 자위하며 허송세월하는 것은 참을 수 없다고 말했다. 그녀는 또 사중주단을 하면 연습의 강도도 너무 세고, 각 연주자가 독주자 같을 경우엔 엄청난 집중력이 요구되지만, 음악이 너무 아름답고 풍요로워서 한 곡을 끝까지 연주하고 나면 매번 뭔가 새로운 것을 발견한다고 말했다.

그녀는 이런 말을 하면서도 클래식 음악이 그에겐 아무 의미가 없다는 사실을 알고 있었다. 그에게 클래식 음악이란 기껏해야 작은 소리의 배경 음악일 때에만 듣기 좋은 것이었다. 그것은 일반적으로 진지함이나 성숙함, 과거에 대한 존경을 뜻한다고 여겨지는 가냘픈 소리, 또는 뭔가 긁는 소리, 부는 소리 등의 무차별적인 흐름에 지나지 않았고, 관심이나 흥분 따위는 완전히 배제된 상태에서 듣는 음악이었던 것이다. 하지만 플로렌스는 〈하프너교향곡〉 첫 소절에서의 그의 의기양양한 외침이 하나의 돌파구라 믿었고, 그래서 자신과 함께 런던으로 가서 리허설을 들어달라고 그를 초대했다. 그는 기꺼이 응했다. 그로서는 당연히 그녀가 연주하는 모습을 지켜보고 싶었고, 더 중요한 건 그녀가 좀 지나치게 언급한다 싶었던 찰스라는 첼리스트가 어떤 의미에서건 자신의 라이벌인지 아닌지 알고 싶었다. 만약 그렇다면, 자신의 존재를 드러낼 필요가 있다고 생각했다.

여름은 예약이 뜸한 불경기였던 까닭에 사중주단은 얼마 안 되는 임대료를 지불하고 위그모어 홀 옆에 딸린 피아노 쇼룸을 리허설 룸으로 빌려 쓰고 있었다. 플로렌스와 에드워드는 다른 사람들보다 훨씬 일찍 도착했고, 그녀는 그에게 홀을 구경시켜 줄 수 있었다. 그는 대기실과 아담한 탈의실뿐 아니라 청중석과 둥근 천장까지도 그곳에 대한 그녀의 외경에 한참 못 미친다고 생각했다. 위그모어 홀에 대한 그녀의 자부심은 너무도 대단해서 마치 그녀가 그곳을 직접 설계한 것 같았다. 그녀는 그를 무대 위로 끌고 나가서 안목 있는 청중 앞에서 연주하기 위해 한 걸음 내디딜 때의 그 짜릿함과 공포를 상상해보라고 했다. 그는 상상이 되지 않았다. 물론 그 말을 입밖에 내진 않았다. 그녀는 그에게 말했다. 언젠가 그런 날이 오리라고, 에니스머 사중주단이 이곳에서 공연할 것이고, 아름다운 연주로 성공할 거라고, 자기는 마음을 정했다고 말이다. 그는 그토록 엄숙하게 다짐하는 그녀가 사랑스러워서 그녀에게 키스했다. 그러고는 청중석으로 뛰어내려가 세 줄 뒤인 정중앙에 서서 말했다. 무슨 일이 있어도 자기는 그날 이곳에, 바로 이 좌석 9C에 있겠노라고, 연주가 끝나면 박수갈채와 브라보를 진두지휘하겠노라고 맹세했다.

리허설이 시작되었을 때, 에드워드는 텅 빈 방의 한쪽 구석에 조용히 앉아 가슴 벅찬 행복에 젖어 있었다. 그는 사랑에 빠진다는 것이 정적인 상태가 아니라 늘 새롭게 굽이치는 파도나 물결과 같은 것임을 깨달아가고 있었고, 바로 지금 그런 상태를 경험하고 있었다. 플로렌스의 새 친구 때문에 심란해진 게 분명한 첼리스트는 말까지 더듬는 땅딸보였을 뿐 아니라 피부상태도 최악이었다. 그래서 에드워드는 그가 안됐다는 생각에 플로렌스에 대한 그의 비굴한 집착도 관대하게 용서해줄 수 있었다. 자신 또한 그녀에게서 눈을 뗄 수 없었으니까. 친구들과 함께 연주하기 위해 마음을 차분히 가라앉히고 있던 그녀는 황홀한 만족감에 흠뻑 빠져 있었다. 그녀가 머리띠를 둘렀을 때, 세션이 시작되길 기다리고 있던 에드워드는 몽상에 빠져들었다. 그는 플로렌스와의 섹스에 대해서뿐만이 아니라 결혼과 가족, 그들이 낳게 될 딸에 관해서도 꿈꾸었다. 이런 것들에 대해 생각한다는 것은 분명 성숙함의 증거였다. 어쩌면 한 사람 이상의 여자로부터 사랑을 받고 싶다는 오랜 꿈이 품위 있게 변형된 것일지도 몰랐다. 딸애는 제 엄마의 미모와 진지함, 곧게 펴진 사랑스런 등을 지닐 것이고 또 분명 악기를 연주할 것이다. 전기 기타일 가능성을 완전히 배제하진 않았지만, 아마도 바이올린이지 않을까 싶었다.

이 특별한 오후에, 플로렌스와 같은 층에 살았다는 비올라 연주자 소니아가 모차르트 오중주를 연주하기 위해 도착했다. 드디어 연주를 시작할 준비가 되었다. 모차르트 자신이 의도한 듯한 팽팽한 침묵의 시간이 아주 짧게 있은 후, 연주가 시작되자마자 에드워드는 소리의 크기 자체와 남성적인 음, 매끄러운 악기 배치에 넋을 잃었고, 실제로도 한참 동안 즐겁게 감상했다. 맥락을 놓치고, 여느 때처럼 까다로운 불협화음과 온통 그것이 그것 같은 단조로움에 질리기 전까진 말이다. 그때 플로렌스가 중단하라고 외치더니 조용히 뭔가를 끼적였다. 그러곤 연주자 전원이 머리를 맞대고 상의를 한 다음 다시 연주를 시작했다. 이런 일이 여러 번 반복됐다. 이 같은 반복 덕택에 에드워드는 달콤한 선율이 귀에 익기 시작했고, 찰나의 순간에 이루어지는 연주자들 간의 다채로운 얽힘을 포착할 수 있었으며, 연주가 또다시 시작되면 대담무쌍한 음의 하강과 비약을 놓치지 않으려고 귀를 쫑긋 세우게 되었다. 나중에 집으로 돌아오는 기차 안에서 그는 음악에 감동받았노라고 그녀에게 진심으로 말할 수 있었고 콧노래로 몇 소절을 들려주기까지 했다. 플로렌스는 가슴이 뭉클해져서 또다른 약속을 했다. 이번에도 눈이 평소보다 두 배는 커진 듯한 그 짜릿한 엄숙함을 풍기면서 말이다. 에니스머가 위그모어 홀에서 데뷔 연주를 하게 되는 일생일대의 날이 오면 모차르트 오중주를 연주할 것이고 그 연주는 특별히 그를 위한 것이 될 것이라고.

에드워드는 그 보답으로 자기 집에서 그녀가 듣고 좋아했으면 하는 음반들을 옥스퍼드로 가져왔다. 그녀는 꼼짝 않고 앉아서 끈기 있게 척 베리를 들었다. 두 눈을 질끈 감고 너무 심하다 싶을 정도로 집중했다. 그는 그녀가 〈롤 오버 베토벤〉을 싫어할 거라고 생각했지만 그녀는 아주 재밌는 곡이라고 말했다. 그녀는 매번 노래를 들려줄 때마다 그 노래에 대해 뭔가 좋은 얘기를 하려고 애썼지만, “유쾌하네”, “흥겨워”, “가슴 뭉클한걸” 따위의 표현들만 사용했기 때문에 그는 그것이 그저 자신을 배려하는 마음에서 하는 말이라는 것을 알았다. 그녀가 로큰롤을 진심으로 “받아들이고” 있지 않다, 그러니 계속 시도할 까닭도 없다는 뜻으로 그가 말하자 그녀는 순순히 인정하면서 자신이 참을 수 없는 건 드럼이라고 말했다. 곡이 너무 간단하고 또 대부분 단순한 사분의사박자인데, 왜 이 무지막지한 쿵, 탕, 쨍그랑 하는 소리로 박자를 맞춰야 하는가. 이미 리듬 기타뿐 아니라 가끔 피아노 연주도 있는데, 도대체 드럼이 무슨 소용이란 말인가. 연주자들이 박자 소리를 들어야 한다면, 메트로놈을 쓰면 되지 않는가. 에니스머 사중주단에 드러머를 영입하면 어찌될 것인가. 그는 그녀에게 키스했다. 그리고 그녀가 서양 문명을 통틀어 가장 솔직한 사람이라고 말해줬다.

“그래도 당신은 날 사랑하잖아.”

그녀가 말했다.

"그래서 당신을 사랑하는 거야."

팔월 초, 터빌 힐의 한 이웃이 병상에 드러눕자 에드워드에게 임시로 아르바이트 삼아 터빌 크리켓 클럽 관리직을 맡으라는 제의가 들어왔다. 일주일에 열두 시간 하는 일이었는데 그것도 하고 싶은 시간에 하면 된다고 했다. 그는 이른 아침에, 아버지가 깨기도 전에 집을 나와서 마치 제 집 안마당인 양, 새들의 시끄러운 지저귐을 들으며 저 아래 라임나무 가로수 길로 어슬렁어슬렁 내려가 크리켓 그라운드까지 산책을 즐겼다. 첫 주엔 지역 경기가 있어서 시합 채비를 했다. 스토너를 상대로 치르는 큰 게임이었다. 잔디를 깎고, 롤러로 땅을 고르고, 새 사이트스크린 설치 및 도장작업을 하러 햄블던에서 온 목수를 거들었다. 일을 하지 않을 때나 집 근처에 있을 필요가 없을 땐 곧장 옥스퍼드로 향했다. 물론 플로렌스가 보고 싶어서이기도 했지만 그녀가 자신의 집에 찾아오는 일을, 그로써 필히 따를 그녀와 자신의 가족과의 만남을 미연에 막고 싶었기 때문이었다. 그는 그녀와 어머니가 서로에 대해 어떻게 생각할지, 혹은 플로렌스가 집의 불결함과 무질서에 대해 어떻게 반응할지 알 수 없었다. 그래서 두 여자에게 마음의 준비를 시킬 시간이 필요하다고 생각했다. 하지만 결국 그럴 필요가 없었다. 어느 금요일 무더운 이른 오후,

그라운드를 가로지르다가 대형천막 그늘에서 그를 기다리고 있던 플로렌스와 마주친 것이다. 그녀는 그가 일하는 시간을 알고 있었기 때문에 그날 일찌감치 기차를 탔고, 헨리에서 스토너 밸리까지는 1마일이 1인치로 표시된 지도와 오렌지 두세 개가 담긴 캔버스 손가방을 손에 들고 걸어왔다. 그리고 삼십 분 동안 크리켓 구장 바깥 경계선을 표시하는 그의 모습을 지켜보고 있었다. 먼발치에서 그를 사랑했노라고, 그들이 키스했을 때 그녀는 말했다.

서로 팔짱을 끼고 찬란한 가로수 길을 천천히 거슬러 올라가면서 온 길을 다 차지하기 위해 길 한복판으로 걷던 그때는 그들의 풋풋한 사랑이 극치에 달했던 순간들 중 하나였다. 이제는 불가피한 상황이었기 때문에 어머니와 그녀의 만남에 대한 전망도, 시골집에 대한 걱정도 다 부질없어 보였다. 라임나무들이 드리운 그늘은 너무도 깊어 밝은 빛 속에서도 푸르스름한 검은 색을 띠었고, 황무지는 싱싱한 풀과 야생화들로 빽빽했다. 그는 이 식물들의 시골 이름들을 열거해가며 지식을 과시했고 운 좋게도 길 가장자리에서 칠턴에 서식하는 용담 군락까지 발견했다. 그들은 딱 한 송이만 꺾었다. 노랑촉새, 방울새가 보이더니 새매 한 마리가 산사나무 한 그루를 아슬아슬하게 스치면서 쏜살같이 날아갔다. 그녀는 이처럼 흔한 새들의 이름도 몰랐지만 배우기로 결심했다고 말했다. 그녀는 자신이 지나온 아름다운 산책길과 자신의 현명한 길 선택에 득의만면해 있었다. 그녀는 스토너 밸리로 직행하는 길을 택하지 않고 좁은 농장 길을 따라 고즈넉한 빅스 바텀으로 접어들었고, 그러자 담쟁이덩굴로 뒤덮인, 폐허가 된 세인트 제임스 교회가 나왔고 그곳을 지나 나무가 울창한 언덕을 올랐다고 했다. 그랬더니 메이든스그로브 초원이 나왔고 그곳에서 흐드러지게 핀 야생화들을 발견했다고 말했다. 또 너도밤나무 숲을 통과해 피실 뱅크로 갔더니 그곳엔 벽돌과 부싯돌로 지어진 작은 교회와 교회마당이 너무도 아름다운 자태로 언덕 비탈에 매달려 있었다고. 그녀가 자신이 지나온 장소들에 대해 설명하는 동안—그는 훤히 다 아는 곳들이었다—그는 그곳을 걷는 그녀를 상상했다. 혼자서 몇 시간 동안 그를 향해 걷고 있는 모습을, 잠시 멈춰서서 지도를 살피며 얼굴을 찡그리는 모습을. 그게 다 그를 만나기 위한 것이라니, 정말 굉장한 선물 아닌가. 그리고 이토록 행복한, 혹은 이토록 예쁜 그녀의 모습은 이제껏 본 적이 없었다. 머리는 검정색 벨벳 천 조각으로 질끈 동여맸고, 청바지에 고무창을 댄 운동화를 신었으며 흰 셔츠의 단춧구멍엔 갈퀴 모양의 민들레를 꽂고 있었다. 시골집을 향해 걷고 있는데 그녀가 또 한 번 키스하자며 잔딧물이 든 그의 팔을 연신 잡아당겼다. 비록 아주 가벼운 키스였지만. 그는 기꺼이, 아니 적어도 침착한 태도로 이번만은 더이상 나아가지 않는 것을 허락했다. 그녀는 가는 길에 함께 나눠 먹으려고 마지막 남은 오렌지의 껍질을 벗겼고, 그 뒤로 그녀의 손은 그의 손에 끈적끈적하게 들러붙었다. 그녀의 재치 넘치는 경탄이 쏟아질 때마다 그들은 천진난만하게 즐거워했고, 그들의 삶이 유쾌하고 자유로운 듯 느꼈다. 눈앞엔 그들을 위한 주말이 통째로 펼쳐져 있었다.

그때 크리켓 구장에서 시골집까지 산책했던 기억이 일 년이 지난 지금, 결혼 첫날밤에, 에드워드를 비웃고 있었다. 어스름 속에 침대에서 몸을 일으키던 그는 그때와는 정반대의 감정이 자신을 잡아끄는 느낌이 들었다. 온 힘을 다해 자신이 품을 수 있는, 그녀에 대한 가장 관대한 생각을 붙잡아야만 했다. 그러지 않으면 모든 걸 다 접고 그냥 포기할 것만 같았다. 바닥에 떨어진 속옷을 다시 주워 입으려고 방을 가로지르는데 다리에 질퍽하게 묻은 액체가 느껴졌다. 그는 속옷을 입었다. 그러곤 바지를 집어든 손을 늘어뜨린 채 한참 동안 그대로 서서 창밖을 내다보았다. 바람에 움츠린 나무들이 시커메져서 이젠 회색빛이 도는 녹색 덩어리로밖에 보이지 않았다. 하늘 저 높이, 사실상 빛을 전혀 던져주지 못하는 희부연 반달이 걸려 있었다. 시간을 두고 규칙적으로 해변에 부서지던 파도 소리가 갑자기 스위치가 켜진 듯 그의 상념에 끼어들어 훼방을 놓더니 그에게 피로감만 잔뜩 안겨주었다. 달과 조수, 평소엔 거의 관심을 두지 않았던 물리적 세계의 무정한 법칙과 작용은 그의 처지에 털끝만치도 영향을 받지 않고 그대로 진행되고 있었다. 이 지나치게 자명한 사실은 너무도 가혹했다. 어떻게 혼자서, 아무 도움도 없이 헤쳐나갈 것인가. 그리고 분명 그녀가 있으리라 추측되는 저 해변으로 내려가서 그녀의 얼굴과 어떻게 마주한단 말인가. 손에 쥔 바지가 무겁고 우습게 느껴졌다. 천으로 된 가지런한 두 통이 한 통으로 합쳐지다니, 근래에 멋대로 만들어진 패션이었다. 그런 바지를 입는다는 것은 사회로, 자신의 의무로, 자신이 당한 치욕의 온전한 실체로 되돌아가는 것처럼 생각되었다. 일단 바지를 입고 나면 나가서 그녀를 찾아야 했다. 그래서 그는 그 순간을 뒤로 미루었다.

다른 많은 생생한 기억들처럼, 플로렌스와 터빌 힐을 향해 산책했던 기억에도 흐릿한 망각의 음영이 드리워져 있었다. 그들이 시골집에 도착했을 때, 집에는 아마도 어머니 혼자 있었을 것이다. 아버지와 여동생들은 아직 학교에 있을 터였다. 어머니 마조리 메이휴는 원래 낯선 얼굴을 보면 안절부절못했는데, 에드워드에겐 플로렌스를 어머니에게 소개한 일도, 그녀가 온갖 잡동사니 살림살이들로 꽉 들어찬 더러운 방들과 부엌에서 흘러든 하수 때문에 여름이면 늘 최악이었던 하수구 냄새에 어떤 반응을 보였는지도 전혀 기억에 남아 있지 않았다. 그날 오후에 대해서는 단편적인 기억들, 마치 오래된 엽서들 같은 특정한 광경들만 떠올랐다. 그중 하나가 더러운 격자창을 통해 정원 한 구석을 내려다본 것이었는데, 플로렌스와 어머니가 벤치에 앉아 각각 가위 하나와 〈라이프〉 잡지를 몇 권 쥐고 지면을 오려내면서 수다를 떨고 있었다. 그리고 학교에서 돌아온 여동생들이 아마 플로렌스를 데리고 이웃에 새로 태어난 당나귀 새끼를 보러 갔었을 것이다. 그들 셋이 서로 팔짱을 끼고 풀밭을 가로질러 돌아오는 또다른 모습이 기억났다. 세번째 광경은 플로렌스가 차 쟁반을 들고 정원에 있는 아버지에게 가는 모습이었다. 그럼 그렇지. 그녀가 좋은 사람, 아니 최고라는 걸 의심해선 안 된다. 그해 여름, 메이휴 네 온 식구들은 플로렌스와 사랑에 빠져버렸다. 그는 쌍둥이를 데리고 옥스퍼드에 가서 플로렌스와 그녀의 여동생과 함께 강가에서 하루를 보내기도 했다. 비록 플로렌스의 이름을 전혀 기억하지 못했지만, 마조리는 늘 그녀의 안부를 물었고, 라이어넬 메이휴는 나름의 세속성을 발휘해 도망가기 전에 "그 여자"와 결혼하라고 아들에게 충고했다.

그는 작년의 이런 기억들을, 시골집 엽서들을, 라임나무 아래에서의 산책을, 옥스퍼드에서 지낸 여름을 불러냈다. 자신의 슬픔을 배가시키려거나 그것에 탐닉하려는 감상적인 욕망 때문이 아니었다. 그런 슬픔을 쫓아버리고 자신이 사랑에 빠져 있다는 느낌을 갖기 위해서였다. 처음엔 인정하고 싶지 않았던 어떤 감정적 요소가 엄습하는 것을, 감정에 드리우기 시작한 어둠의 그림자, 어두운 생각, 바로 지금도 자신의 온 존재에 가지를 뻗고 있는 미량의 독毒이 퍼지기 시작하는 것을 막기 위해서였다. 분노, 그것은 그가 자신의 인내심이 곧 폭발하리라 생각하기 시작했을 때부터 누르고 있었던 악마였다. 지금 그는 혼자였고 분노를 불사르지 못할 이유가 없었으므로 상당히 유혹적이었다. 그런 모욕을 당한 그의 자존심은 분노를 필요로 했다. 그리고 생각뿐이라면 무슨 해가 있겠는가. 지금 여기 이렇게 결혼 첫날밤의 잔해 속에 반쯤 벌거벗은 채로 서 있을 때, 해치워버리는 게 더 나으리라. 갑작스러운 욕망의 부재가 가져온 명료한 상황 판단 덕분에 그는 더 쉽게 분노에 굴복할 수 있었다. 생각이 이제 더 이상 욕망에 의해 누그러지지도 흐릿해지지도 않았기 때문에 법의학과 같은 엄정함으로 모욕을 되새길 수 있었다. 이런 모욕이 어디 있단 말인가, 혐오감에 치를 떨며 악을 쓰고 베개로 그 법석을 떨면서 그에게 보여준 그 경멸이라니, 한마디 말도 없이 방을 뛰쳐나가 구역질나는 오명과 실패의 모든 짐을 그 혼자 감당하게 내버려두다니, 메스로 살을 휘젓는 짓이 아닌가. 그녀는 상황을 악화시키고 돌이킬 수 없게 만들기 위해 최선을 다했던 것이다. 그녀에게 그는 경멸스러운 존재였고, 그녀는 그를 응징하길 바랐고, 자기 쪽에서 한 짓은 전혀 생각지도 않은 채 그가 자신의 모자람을 곱씹도록 혼자 남겨지길 원했다. 그를 자극한 것은 분명 그녀의 손과 손가락의 움직임이었다. 그 손의 감촉, 그 달콤한 감각을 떠올리고 있자니, 칼날처럼 날카로운 새로운 자극이 이런 모진 생각들은 버리라고, 그녀를 용서하라고 유혹하면서 그의 정신을 흐트러뜨리기 시작했다. 하지만 그는 저항했다. 자신의 화두를 발견한 그는 끝까지 밀어붙였다. 눈앞에 더 심각한 문제가 있다는 것이 감지되었고, 드디어 그것이 포착되었다. 그래, 바로 이거였어! 마치 더 넓은 갱도의 측면을 뚫고 들어가는 광부처럼, 그는 점점 더 커지는 자신의 분노를 수용할 만큼 충분히 넓은 어둑한 통로로 뛰어들어갔다.

자명한 일이었다. 그것을 보지 못했다니, 그가 바보천치였다. 일 년 내내 가슴만 태우며 고통에 시달렸다. 아프도록 그녀를 원했고, 작은 것들, 진짜 제대로 된 키스 같은 애처로울 정도로 순수한 것들을 원했고, 그녀가 그의 몸을 만지고 또 그가 그녀의 몸을 만질 수 있도록 허락하길 원했다. 결혼이라는 희망만이 그의 유일한 안식처였다. 그런데 그녀가 두 사람 모두에게 쾌락을 거절했다. 결혼할 때까진 사랑을 나눌 수 없다 하더라도, 그렇게 몸부림치고, 그렇게 고통스럽게 혼자 자제할 필요는 없었다. 그는 불평하지 않고 끈기 있게 버텼다. 한마디로 예의바른 멍청이였다. 다른 남자들 같았으면 더 요구했거나 떠났을 터였다. 그리고 일 년 동안 자제하느라 애쓰던 끝에 자신을 제어하지 못하고 중요한 순간에 실패했지만 그는 모든 책임을 뒤집어쓰긴 싫었다. 바로 이거였다. 그는 이 모욕을 거부했고, 인정하지 않았다. 모든 게 다 그녀 잘못인데 실망해서 악을 써대다니, 방에서 뛰쳐나가다니, 참으로 괘씸했다. 그는 그녀가 키스하는 것, 만지는 것을 싫어할 뿐만 아니라 둘의 몸이 닿는 것도 싫어했고, 심지어는 그에게 관심조차 없다는 사실을 받아들여야 했다. 그녀는 관능적이지 않았고 욕망이라곤 전혀 없었다. 그녀는 그가 느끼는 것을 결코 느낄 수 없는 사람이었다. 에드워드는 너무도 쉽게 치명적으로 다음 단계를 밟았다. 그녀는 이 모든 걸 알고 있었고—어찌 모를 리 있겠는가?—그를 속였던 것이다. 그녀에게 남편이 필요한 까닭은 존중받기 위해서거나 부모님을 기쁘게 해드리기 위해서거나 모든 사람이 다 그렇게 하기 때문이었다. 아니면 결혼을 멋진 게임 정도로 생각했으리라. 그녀는 그를 사랑하지 않았고, 남자와 여자가 사랑하는 방식대로 사랑할 수 없는 사람이었고, 그녀 자신은 이런 사실을 알고 있었고, 그것을 그에게 숨겼다. 그녀는 정직한 사람이 아니었다.

이토록 냉혹한 진실을 맨발에 팬티 차림으로 추적하기란 쉽지 않은 일이었다. 그는 바지를 걸치고 손으로 더듬어 양말과 구두를 찾았다. 그러곤 이 모든 생각들을 처음부터 다시 한번 곱씹었다. 그 자신의 불확실성과는 전혀 상관없는 거친 표현들과 난해한 전환, 연결 구절들을 매끄럽게 다듬으면서 그는 자신의 진술을 완성시켰다. 그런 과정중에 다시금 분노가 치미는 것을 느꼈다. 분노는 절정에 치닫고 있었는데 그것을 말하지 않고 그대로 둔다면 아무 의미도 없을 터였다. 이제 모든 게 명백해질 참이었다. 그녀는 그가 무슨 생각을 하고 어떻게 느끼는지 알아야만 했다. 그는 그녀에게 말하고 보여줄 필요가 있었다. 그는 의자에서 재킷을 확 집어들고 서둘러 방을 나섰다.

5장

그녀는 그가 해변을 따라 다가오는 모습을 지켜보고 있었다. 처음에 그의 형체는 어두워져가는 자갈밭에 대비되는 남색 얼룩에 지나지 않았다. 어떨 땐 움직임 없이 깜박이며 그 윤곽이 흐릿해지다가도, 어떨 땐 갑자기 성큼 다가와 마치 체스 말처럼 한꺼번에 몇 칸씩 그녀를 향해 움직이는 것 같았다. 오후의 마지막 빛이 해안에 드리워져 있었고, 뒤쪽으로 저 멀리 동쪽에는 포틀랜드의 불빛이 점점이 박혀 있었으며, 구름 하부엔 먼 마을에서 흘러나오는 노란색 가로등 불빛이 흐릿하게 반사되고 있었다. 그녀는 그가 더 천천히 오기를 바라며 그를 바라보고 있었다. 죄책감 때문에 그가 두려웠고, 혼자만의 시간이 더 간절했기 때문이었다. 그들이 하게 될 대화가 무엇이든지 간에, 그녀는 두려웠다. 그녀가 알기론, 아까 일어난 일을 이름 지을 수 있는 그 어떤 말도 없었다. 멀쩡한 성인 두 명이 그런 사건을 서로에게 설명할 수 있는 공통의 언어란 아예 존재하지 않았다. 그리고 그것에 대해 논쟁한다는 것은 그녀의 상상력을 훌쩍 넘어서는 일이었다. 토론은 있을 수 없었다. 그녀는 그것에 대해 생각하고 싶지 않았고 그도 자기와 똑같이 느끼길 바랐다. 하지만 그것 말고 다른 무슨 얘길 한단 말인가? 그 문제는 지리학적 지형처럼, 산처럼, 갑岬처럼 틀림없이 그들 사이에 가로놓여 있었다. 이름 지을 수 없었지만 피할 수도 없었다. 그리고 그녀는 창피했다. 자신이 저지른 행동의 여파가 그녀를 뒤흔들고 있었고 그 소리가 귀에까지 울리는 것 같았다. 그녀가 신혼여행 구두를 신고 걷기 힘든 자갈밭을 헤치며 해변을 따라 이토록 멀리 달렸던 것도 바로 그래서였다. 방과 그 안에서 일어났던 모든 일에서 도망치기 위해서, 자기 자신으로부터 탈출하기 위해서. 그녀는 형편없이 행동했다. 형편없이. 그녀는 이 조악하고 사교적인 단어가 머릿속에서 여러 번 반복되게 내버려두었다. 그것은 결국 너그러운 용서의 말이었고—그녀는 테니스를 형편없이 쳤고, 그녀의 여동생은 피아노를 형편없이 연주했다—플로렌스도 그것이 자신의 행동을 설명한다기보다는 은폐한다는 것을 알고 있었다.

동시에 그녀는 그의 치욕도 알고 있었다. 그가 그녀 위로 몸을 일으켰을 때의 그 이를 악문 당혹한 표정과 파충류 같은 척추의 경련. 하지만 그녀는 그것에 대해 생각하지 않으려고 애쓰고 있었다. 그녀는 자신뿐만 아니라 그에게도 뭔가 문제가 있다는 사실에 아주 약간 안심했다고 감히 인정할 용기가 있었을까? 그가 어떤 선천적 질병이나 가문의 저주, 야뇨증이나 암처럼 수치심과 침묵으로 일관할 수밖에 없는 그런 병, 또는 그녀 자신의 입에 전염될까봐 미신처럼 절대로 입밖에 내지 않는 단어인 그런 병—분명 결코 누구한테도 털어놓지 못할 어리석은 생각이었다—을 앓고 있다면, 얼마나 끔찍하면서도 위안이 될까. 그러면 그들은 서로 마음 아파하고 각자의 고통으로 말미암아 사랑으로 결속될 수 있으리라. 그래서 그녀는 그에게 미안한 마음을 느꼈지만, 한편으로는 약간 속았다는 기분도 들었다. 정상적인 건강 상태가 아니라면, 왜 그녀를 믿고 말하지 않았을까? 하지만 그가 왜 그럴 수 없었는지 그녀는 너무도 잘 이해했다. 그녀 자신도 말하지 못했으니까. 자신에게 특이한 병이 있다는 말을 그가 어떻게 꺼낼 수 있었겠는가, 어떤 말로 운을 뗄 수 있었겠는가. 그런 말은 존재하지 않았다. 그런 언어는 아직 만들어지지 않았던 것이다.

이런 생각을 곰곰이 하는 와중에도 그녀는 그에게 아무 문제가 없다는 것을 너무나 잘 알고 있었다. 전혀 없었다. 문제가 있는 건 그녀였고, 그녀뿐이었다. 그녀는 쓰러진 거대한 나무에 등을 기대고 있었다. 아마 폭풍에 뿌리째 뽑혀 해변까지 밀려왔을 것이다. 나무는 거센 파도에 껍질이 홀라당 벗겨져 있었고 소금물 때문에 매끄럽고 단단해져 있었다. 그녀는 가지 귀퉁이에 편안하게 끼여 있으면서 잘록하게 들어간 허리 부분을 통해 큼직한 나무줄기에 아직까지 남아 있는 낮의 온기를 느꼈다. 구부러진 엄마의 팔에 포근히 안긴 갓난아기의 모습이 이런 것이리라. 물론 플로렌스는 자신이 아기일 때에도 글 쓰고 연구하느라 가늘고 팽팽해진 바이얼릿의 팔에 안겼으리라고는 생각하지 않았다. 플로렌스가 다섯 살 때 각별했던 한 유모가 있었는데 음악 같은 스코틀랜드 억양에 까칠까칠한 손가락 관절을 지닌, 상당히 통통하고 어딘가 어머니다운 데가 있는 사람이었다. 하지만 그녀는 밝혀지지 않은 어떤 치욕을 당하고 떠났다.

플로렌스는 에드워드가 아직 그녀를 보지 못했다고 확신하면서 해변을 따라 걸어오는 그를 계속 지켜보았다. 그녀는 저 아래 비탈진 제방으로 뛰어내려가 플리트 석호 해안을 따라 반대 방향으로 도망칠 수도 있었다. 하지만 그가 두려웠음에도 도망치는 건 너무나 잔인한 짓이라고 생각했다. 아주 잠시, 에드워드 뒤쪽으로 저 멀리 바다에 솟구치는 물결의 은빛 선에 비친 그의 어깨선이 보였다. 이젠 자갈을 밟는 그의 발걸음 소리도 들을 수 있었다. 이는 그 또한 그녀의 발걸음 소리를 들을 수 있다는 뜻이었다. 그는 이쪽 방향으로 와야 한다는 것을 알았을 터였다. 그들이 오기로 했던 곳이기 때문이다. 저녁식사를 마친 후, 와인 병을 들고 이 유명한 자갈 모래톱을 거닐기로 그들은 계획했었다. 자갈밭을 따라 걸으면서 돌들을 주워모아 그 크기를 비교해 보고 폭풍이 정말로 해변에 질서를 가져다주었는지 확인하고자 했었다.

이 잃어버린 즐거움에 대한 기억이 딱히 그녀를 슬프게 한 건 아니었다. 이 기억은 즉각 어떤 생각으로 대체되었다. 초저녁에 했던 생각, 사랑하되 서로를 자유롭게 하자는 생각이 불쑥 끼어들었던 것이다. 그녀는 이것이 자신이 펼칠 수 있는 주장, 대담무쌍한 제안이라고 생각했다. 하지만 에드워드에겐 웃기고 바보 같은 소리로 들릴 수 있었고 심지어 모욕적이라고 생각할 수도 있었다. 사실 그녀는 자신이 얼마나 무지한지조차 제대로 가늠할 수가 없었다. 어떤 문제들에서는 자신이 꽤 현명한 편이라고 생각하기도 했으니까. 그녀에겐 시간이 더 필요했다. 하지만 몇 초 후면 그녀는 그와 함께 있을 터였고 그러면 끔찍한 대화를 시작해야만 했다. 그에게 어떤 태도를 취할지 아무 생각도 없었고, 또 과연 그가 무슨 말을 할 것인지, 그러면 그녀는 그에게 어떤 대답을 해야 하는 것인지에 대한 두려움 말고는 아무 감정도 없었다는 게 그녀의 또다른 과실이었다. 그녀는 용서를 구해야 하는 건지, 아니면 사과를 기대해야 하는 건지 알지 못했다. 사랑에 빠진 상태도, 사랑이 식은 상태도 아니었다. 그저 아무것도 느끼지 못하는 상태였다. 단지 이 거대한 나무에 기댄 채, 어스름 속에서 그녀는 혼자 있고 싶었다.

그의 손에 무슨 꾸러미 같은 게 들려 있는 것 같았다. 그는 방길이만큼이나 멀찍이 떨어진 곳에서 멈춰 섰는데 그런 행동 자체가 그녀에겐 박정하게 여겨졌고 그래서 그녀도 덩달아 적대감을 느꼈다. 그는 왜 이리도 빨리 쫓아왔단 말인가?

실로, 그의 목소리엔 분노가 묻어 있었다.

"거기 있었군."

그녀는 그런 빈말에 대꾸할 마음이 내키지 않았다.

"정말 이렇게 멀리까지 올 필요가 있었어?"

"응."

"호텔에서 2마일은 될 거라고."

그녀가 딱딱한 자기 목소리에 스스로도 놀라며 대답했다.

"얼마나 먼든 상관 안 해. 거기서 나와야만 했어."

그는 이 말을 그냥 흘려들었다. 그가 체중을 다른 쪽 발에 신자 발아래 돌들이 부딪히며 딱딱 소리를 냈다. 그녀는 그제야 그가 손에 들고 있는 게 그의 재킷이란 걸 알았다. 해변은 따뜻하고 습했다. 낮 동안보다 더 따뜻했다. 그녀는 그가 재킷을 들고 나와야겠다고 생각했다는 게 못마땅했다. 어쨌든 적어도 넥타이는 매지 않았군! 왜 이렇게 짜증이 나는 건지. 몇 분 전만 해도 나 자신이 너무도 창피했었는데. 여느 때의 그녀는 그에게서 좋은 의견을 듣고 싶어했지만 지금은 그러고 싶지 않았다.

그는 자신이 무슨 말을 하러 왔는지 그녀에게 말할 준비를 하면서 한 걸음 더 가까이 다가갔다.

"이봐, 이건 너무 웃기잖아. 그렇게 뛰쳐나가다니, 당신 너무 비겁했어."

"그랬어?"

"사실, 몹시 불쾌했어."

"오 그래? 그렇다면, 당신이 한 짓도 몹시 불쾌했어."

"무슨 뜻이지?"

그녀는 눈을 질끈 감고 말했다.

"내가 무슨 말을 하는지 정확히 알 텐데."

그녀는 이런 입씨름에서 자신이 내뱉은 말에 대한 기억 때문에 스스로를 괴롭히게 될 터였지만 지금 당장은 이렇게 덧붙였다.

"완전히 비위가 상할 정도였어."

그녀는 그가 마치 가슴에 주먹을 한 방 맞은 것처럼 신음을 흘리는 소리를 들었다고 생각했다. 뒤따른 침묵이 몇 초만 더 길었어도 그 시간 동안 그녀의 의지와는 달리 죄책감이 밀려들었을 테고, 그러면 그녀가 덧붙일 말도 조금은 덜 고약했을 터였다.

하지만 에드워드가 강하게 항변했다.

"당신은 남자랑 있을 때 어떻게 해야 하는지 털끝만큼도 모르는 사람이야. 만약 알았다면 절대로 그런 일은 일어나지 않았을 거야. 당신은 내가 당신 곁에 가까이 가는 걸 절대로 허락하지 않았지. 당신은 할 줄 아는 게 하나도 없어, 안 그래? 마치 지금이 1862년인 것처럼 굴지. 당신은 심지어 키스할 줄도 몰라."

"그래도 실패는 한눈에 알아볼 줄 알아."

그녀는 자신이 천연덕스럽게 말하는 걸 들었다. 하지만 그런 뜻으로 말하려던 게 아니었다. 이런 잔인함은 전혀 그녀다운 모습이 아니었다. 그저 단순히 제1바이올린에 화답하는 제2바이올린의 소리일 뿐이었다. 갑작스럽고 예리한 그의 공격과 그가 반복하고 있는 "당신"이라는 말 속에 담긴 빈정거림이 도발한 수사학적인 말대꾸일 뿐이었다. 도대체 그 하나의 짧은 어휘에서 얼마나 많은 비난을 견뎌내야 한단 말인가?

그가 상처받았을까? 그렇다 해도 그는 아무 내색도 하지 않았다. 얼굴은 거의 보이지 않았지만. 그녀를 대담하게 만든 건 어쩌면 어둠일지도 모른다. 다시 입을 열었을 때 그는 언성조차 높이지 않았다.

"이제 당신한테서 그런 굴욕은 당하지 않을 거야."

"나도 당신한테서 그런 위협은 안 당할 거야."

"난 당신을 위협하고 있지 않아."

"아냐, 위협하고 있어. 당신은 늘 그래."

"정말 기가 막히는군. 도대체 무슨 소릴 하고 있는 거야?"

그녀도 확실하진 않았지만, 어쨌든 자신이 그쪽으로 방향을 틀고 있다는 것은 알았다.

"당신은 늘 나를 몰아붙이고, 닦달하고, 나한테서 뭔가를 원해. 우린 그렇게만 살 수는 없어. 절대로 행복해질 수 없어. 이런 지속적인 압박, 당신은 늘 내게서 뭔가를 더 원해. 그 끝없는 갈취."

"갈취라고? 무슨 말인지 모르겠어. 돈 얘기를 하는 건 아니겠지."

물론 아니었다. 돈은 그녀의 생각과는 거리가 한참 먼 얘기였다. 돈 얘기를 꺼내다니, 도가 지나쳤다. 그가 어떻게 감히 그런 소리를 한단 말인가. 그래서 그녀는 이렇게 말했다.

"그래, 알겠어. 지금 당신 입으로 돈 얘길 꺼내는 걸 보니, 확실히 돈 생각을 하고 있었던 거군."

그녀를 자극했던 건 그의 빈정거림이었다. 아니, 그의 경박함이었다. 그녀가 말하고 있었던 건 돈보다 더 근본적인 것이었지만 그녀는 그것을 어떻게 말해야 할지 몰랐다. 그것은 그녀의 입속으로 깊이 밀고 들어오는 혀, 치마나 블라우스 속으로 한껏 뻗치는 손, 그의 사타구니로 그녀를 잡아당기는 손, 그녀를 외면하고 침묵으로 빠져들 때의 그 특유한 태도였다. 그리고 그녀가 뭔가 더 주리라는 은근한 기대였다. 하지만 그러질 못했기 때문에 그녀는 그 모든 것의 속도를 늦춘 원흉이었다. 그 어떤 새로운 경계를 넘어도 언제나 또다른 경계가 그녀를 기다리고 있었다. 그녀가 허락할 때마다 매번 더 많은 것이 요구됐기 때문에 판을 깨는 사람은 바로 그녀가 되었던 것이다. 가장 행복한 순간에도 언제나 비난의 그림자, 불쑥 눈앞에 나타난 거대한 산봉우리처럼 감출 수 없는 욕구불만의 그림자, 두 사람 모두 그녀 탓으로 돌렸던 영원한 슬픔의 정서가 드리워져 있었다. 그녀는 사랑에 빠져 있고 싶었고 그녀다워지고 싶었다. 하지만 그녀다워지기 위해선 그녀는 늘 "안 돼"라고 말해야만 했다. 그러고 나면 그녀는 더이상 자기 자신이 아니었다. 그녀는 정상적인 삶의 반대편인 병적인 삶 쪽으로 내동댕이쳐졌다. 그녀는 자기에게 혼자만의 시간을 줬어야 함에도 불구하고 이토록 빨리 해변을 따라 그녀를 쫓아온 그의 행동에 짜증이 났다. 그리고 여기 영국해협 해안가에서 그들이 여태껏 나눈 얘기는 그런 큰 그림의 작은 주제에 불과했다. 그녀에겐 이미 앞이 훤히 보였다. 이렇게 입씨름을 하다가 완전히든 반쯤이든 서로 화해를 하고, 그녀는 그의 회유에 마지못해 방으로 되돌아가고, 그러고 나면 또다시 그녀에게 '기대'라는 짐이 지워질 터였다. 그리고 그녀는 또다시 실패할 터였다. 그녀는 숨을 쉴 수 없었다. 결혼한 지 여덟 시간밖에 안 됐는데 그녀에겐 매 시간이 무거운 형벌이었고, 이런 생각들을 그에게 설명할 방법을 몰라 더욱더 견디기 힘들었다. 그래서 돈을 화제에 올릴 수밖에 없었다. 사실, 지금 그가 이토록 흥분한 걸로 봐서 그 주제는 제 역할을 톡톡히 해내고 있었다.

그가 말했다.

"당신 거든 누구 거든, 난 전혀 돈에 관심이 없었어."

그녀는 이 말이 사실이라는 걸 알았지만 잠자코 있었다. 그가 자세를 바꾸자 뒤쪽에 펼쳐진 물결 위의 사위어가는 빛에 대비되어 그의 윤곽이 더욱 선명하게 보였다.

"그러니까 당신 돈, 당신 아버지 돈 다 가져가서 당신 자신한테 써. 바이올린도 새로 장만하라고. 내가 쓸 법한 물건엔 절대로 그 돈 쓰지 마."

그의 음성은 팽팽했다. 그녀는 자신이 의도한 것보다 훨씬 더 심하게 그의 감정을 해쳤지만 지금은 신경조차 쓰지 않았다. 그의 얼굴을 볼 수 없다는 게 도움이 됐다. 지금까지 그들은 돈 얘기를 한 적이 한 번도 없었다. 그녀의 아버지가 결혼선물로 이천

파운드를 줬을 때도 그녀와 에드워드는 언젠가 그 돈으로 집을 사자고 막연하게 얘기했을 뿐이었다.

그가 말했다.

"내가 당신을 구워삶아 그 일자리를 얻었다고 생각하는 거야? 그건 당신 생각이었어. 그리고 난 그 일자리 필요 없어. 알겠어? 당신 아버지를 위해서 일하고 싶지 않다는 말이야. 내가 마음이 바뀌었다고 아버지한테 말해도 돼."

"당신이 직접 말해. 엄청 좋아하실걸. 아버지가 당신 때문에 애 좀 먹었거든."

"그래 좋아. 내가 말씀드리지."

그는 그녀를 등지고 돌아서서 해안선을 향해 걸어갔다. 하지만 몇 걸음 못 가고 다시 돌아와서 거칠게 자갈밭을 발로 차며 공중에 작은 돌들을 흩뿌렸고, 개중에 몇 개가 그녀의 발 가까이에 떨어졌다. 그의 분노가 그녀 자신의 분노를 일깨웠고, 그녀는 갑자기 그들의 문제가 뭔지 알겠다는 생각이 들었다. 그들은 너무 예의발랐고, 너무 경직됐고, 너무 소심했고, 까치발을 든 채 서로의 주위를 빙빙 돌며 중얼거리고 속삭이고 부탁하고 동의했다. 그들은 서로에 대해 거의 알지 못했고 그럴 수도 없었다. 침묵에 가까운, 사교적인 배려라는 담요가 그들을 결속하는 만큼이나 그들의 차이를 덮어버리고 그들의 눈을 멀게 했기 때문이었다. 그들은 이제나저제나 의견 차이가 날까봐 두려워했고, 이제 그의 분노가 그녀를 그런 두려움에서 해방시키고 있었다. 그와는 다른 존재가 되기 위해, 그녀는 그의 감정을 해치고 싶었고 혼내주고 싶었다. 그것은 그녀 안에 깃들어 있는, 파괴의 쾌감을 향한 너무도 낯선 충동이었고, 그녀는 그것에 전혀 저항감이 일지 않았다. 가슴이 세차게 뛰었고, 그를 증오한다고 말하고 싶었다. 그리고 그가 처음 말하기 전까진 살면서 한 번도 말해본 적이 없는 이 무자비하고 경이로운 말들을 할 참이었다. 그는 다시 원점으로 돌아가 있었고, 그녀를 비난하기 위해 자신이 가지고 있는 위엄을 총동원하고 있었다.

"왜 도망친 거지? 그건 당신이 잘못한 거고, 내게 상처를 주는 행동이었어."

잘못이다. 상처를 줬다. 이렇게 딱할 수가!

그녀가 말했다.

"이미 말했잖아. 나와야만 했다고. 그 안에서 당신이랑 함께 있는 건 참을 수가 없었어."

"당신은 나를 모욕하고 싶었던 거야."

"오, 좋아 그럼. 그게 당신이 원하는 대답이라면. 그래, 어떻게 해서든지 당신을 모욕하려고 했어. 자기조절도 못 하는 당신 같은 사람은 그 정도 모욕은 받아도 싸."

"그딴 식으로 말하다니, 아주 못된 년이군."

마른하늘에 날벼락 같은 말이었다. 이제 그녀도 말하고 싶은 대로 지껄일 수 있었다.

"당신 생각이 그런 거라면, 내게서 떠나. 그냥 꺼져버리라고, 어서. 에드워드, 제발 저 멀리 가버려. 무슨 말인지 모르겠어? 난 여기 혼자 있으려고 온 거야."

그녀는 알고 있었다. 그가 자신의 말이 너무 심했다는 것을 깨달았고, 이제 그 덫에 꼼짝없이 걸려들었다는 걸. 그녀는 그를 등지고 돌아서면서, 자기가 연기를 하고 있다는 것을, 자신이 늘 경멸해 마지않았던 엄살 잘 부리는 여자친구들처럼 자기도 술책을 피우고 있다는 것을 의식하고 있었다. 이제 대화도 질리고 있었다. 아무리 좋은 결말이 나더라도 결국 그녀는 또다시 똑같은 침묵의 전략들로 되돌아가야 할 터였다. 그녀는 우울할 때면 종종 뭘 하면 제일 좋을까 떠올려보곤 했다. 지금 이 경우엔 그게 뭔지 즉각 알 수 있었다. 그녀는 옥스퍼드 기차역의 런던 행 플랫폼에 서 있는 자신의 모습을 상상했다. 아침 아홉시, 한 손엔 바이올린 케이스를 들고, 악보 한 묶음과 잘 깎은 연필 한 다발을 넣은 오래된 학교 가방을 어깨에 둘러멘 채, 사중주단과 함께 리허설을 향해, 아름다움과 난해함을 만나러, 친구들과 함께 노력하면 해결될 수 있는 문제들을 만나러 떠나는 모습이었다. 반면 여기 에드워드와는, 그녀 자신이 제안하는 것 말곤 그 어떤 해결책도 상상할 수 없었다. 하지만 지금 그녀는 자신에게 그럴 용기가 있을까 의심했다. 야생화와 농작물 이름, 중세의 모든 왕들과 교황들을 알고 있는, 칠턴 힐스의 한 작은 마을 출신인 이 낯선 사람과 얽힌 그녀의 인생이라니. 그녀는 얼마나 자유롭지 못한가. 그리고 그녀 스스로 이런 상황, 이런 얽힘을 선택했다는 사실이 지금 그녀에겐 너무도 터무니없어 보였다.

그녀는 여전히 등을 돌리고 있었지만, 그가 가까이 다가왔다는 것을 느꼈고, 그가 그녀 바로 뒤에서 손을 양옆구리에 늘어뜨린 채 그녀의 어깨를 만질까 말까 고심하면서 주먹을 살짝 쥐었다 폈다 하는 모습을 상상했다. 칠흑같이 어두운 언덕에서 한 마리 새의 노랫소리가 플리트 석호를 가로질러 똑바로 들려왔다. 음이 마구 꺾였고 꼭 피리를 부는 것만 같았다. 간드러진 노랫소리와 시간으로 봐선 나이팅게일일지도 모른다. 하지만 나이팅게일이 바닷가에도 사나? 칠월에도 노래를 부르나? 에드워드라면 알겠지만 그녀는 지금 물어볼 기분이 전혀 아니었다.

그가 무미건조하게 말했다.

"난 당신을 사랑했어. 하지만 당신이 그 사랑을 너무 힘들게 만들어."

그들은 그가 사용한 시제時制의 함의가 그들에게 전달될 때까지 침묵했다. 그리고 마침내 그녀가 미심쩍어하며 말했다.

"날 사랑했다고?"

그는 자기 말을 수정하지 않았다. 그는 아마도 썩 훌륭한 책략가가 아닌가보다. 그는 단지 이렇게 말할 뿐이다.

"우리는 함께 너무나 자유로울 수도 있었고, 낙원에 있을 수도 있었어. 하지만 대신 이렇게 엉망진창이 돼버렸어."

좀더 희망적인 시제로의 반전만큼이나 이 말의 명백한 진실이 그녀를 누그러뜨렸다. 하지만 "엉망진창"이라는 단어가 침실에서의 몸서리나는 장면을, 그녀의 살갗 위에서 쫙쫙 금이 가며 찌꺼기처럼 말라가던 그 미지근한 물질을 다시 떠올리게 했다. 그녀는 자기에게 다시는 그런 일이 일어나지 않게 하리라 다짐했다.

그녀는 애매하게 대답했다.

"맞아."

"무슨 뜻이지?"

"엉망진창이라고."

침묵이 흘렀다. 언제까지 계속될지 모르는 일종의 교착상태였다. 그동안 그들은 파도 소리와 간간이 들려오는 아까의 그 새소리에 귀를 기울였다. 새는 아주 멀리 날아가버린 뒤였지만 희미한 울음소리는 훨씬 더 명확히 들렸다. 드디어 그녀의 예상대로 그가 그녀의 어깨 위에 손을 올렸다. 부드러운 손길이었고 그 온기가 척추를 따라 등허리까지 퍼졌다. 그녀는 무슨 생각을 해야 할지 몰랐고, 언제 몸을 돌려야 하는지 그 순간을 계산하고 있는 자기 자신이 싫었다. 그리고 자기 자신을 어머니처럼 상대하기 힘들고 성마르고, 사귀기 힘들고, 낙원에서 편안하게 지낼 수 있는 이때에 상황을 복잡하게 만드는 사람이라고 생각했다. 그도 그렇게 생각하고 있으리라. 그렇기 때문에 그녀는 상황을 단순하게 만들어야 했다. 이는 그녀의 의무, 즉 아내로서의 의무였다.

몸을 돌린 그녀는 그의 손길을 떨치고 한 발짝 물러섰다. 지금 당장은 키스받고 싶지 않았다. 그에게 자신의 계획을 털어놓으려면 맑은 정신이 필요했다. 하지만 그들은 여전히 형편없는 빛 속에서도 그녀가 그의 이목구비를 어느 정도 알아볼 수 있을 만큼 가까이 있었다. 아마도 그 순간 그녀 뒤에 걸려 있던 달의 일부분이 구름을 벗어났을 것이다. 그녀는 그가 그녀에게 아름답다고 말하려 할 때마다 종종 하던 식으로—그것은 경탄의 시선이었다—자신을 쳐다보고 있다고 생각했다. 그의 말을 정말로 믿은 적도 결코 없었고, 그가 그 말을 할 때마다 마음이 편치 않았다. 그녀가 주지 못할 게 뻔한 뭔가를 그가 원하고 있기 때문이었다. 이런 생각에 정신이 산란해져서 본론으로 들어갈 수가 없었다.

그녀는 어느덧 이렇게 묻고 있었다.

"나이팅게일인가?"

"지빠귀야."

"밤인데?"

그녀는 실망을 감출 수 없었다.

"여기가 주요 서식지인 게 틀림없어. 가여운 녀석, 열심히 일해야 살겠군." 그리고 그는 이렇게 덧붙였다. "나처럼."

그녀는 즉각 웃음이 터져나왔다. 마치 그를, 그의 참모습을 얼마간 잊고 있었던 것만 같았다. 그리고 지금 그녀 앞에 서 있는 그는 분명 예측 불가능하고 사랑스런 것들을 이야기하는, 그녀가 사랑하는 그 남자, 오랜 친구였다. 하지만 그것은 거북한 웃음이었다. 그녀는 스스로 약간 미친 듯한 기분이 들었다. 그녀는 축 가라앉았다가 그렇게 갑자기 돌변하는 감정을, 그런 기분을 경험한 적이 이제까지 전혀 없었다. 그리고 이제 그녀는 어떻게 보면 완벽히 이치에 맞고, 또 어떻게 보면—그럴 가능성이 상당한데, 그녀는 확신할 수가 없었다—완전히 터무니없는 제안을 하려는 참이었다. 그녀는 마치 자기가 삶 자체를 다시 만들어내려고 애쓰고 있다는 기분이 들었다. 실패할 게 틀림없었다.

그녀의 웃음에 고무된 그가 그녀에게 다시 가까이 다가가 손을 잡으려고 시도했지만 그녀는 또다시 달아났다. 조리 있게 생각하는 게 중요했다. 그녀는 머릿속에서 연습한 대로 가장 중요한 선언으로 운을 뗐다.

"당신도 알다시피 나는 당신을 사랑해. 아주, 아주 많이. 그리고 나도 당신이 날 사랑한다는 걸 알고 있어. 그건 한 번도 의심하지 않았어. 당신이랑 함께 있는 게 좋고, 내 평생을 당신과 함께 보내고 싶어. 당신도 나와 똑같은 느낌이라고 말하지. 모든 게 다 간단해야 하는데 이젠 그렇지가 않아. 당신 말대로 우리는 엉망진창이야. 이 모든 사랑에도 불구하고 말이야. 나는 이게 다 내 잘못이라는 것도 알고 있어. 우리 둘 다 그 이유를 알고 있지. 이쯤 되면 당신한테도 꽤 명백해졌을 사실은……"

그녀는 망설였다. 그러자 그가 말을 하려고 했지만 그녀가 손을 쳐들었다.

"내가 심하게 불능이라는 것, 섹스에 있어서는 완전히 구제불능이라는 거야. 섹스를 잘하지 못하는 것뿐만이 아니라, 당신이나 다른 사람들과는 달리 내겐 섹스가 필요 없는 것 같아. 섹스는 나의 일부가 아니야. 난 그게 싫고, 또 생각조차 하기 싫어. 왜 그런지 나도 모르지만, 이런 생각이 바뀌리라고는 생각하지 않아. 당장에 바뀌진 않을 거야. 어쨌든 난 그게 바뀔 거라는 상상조차 할 수가 없어. 그리고 지금 내가 이 말을 하지 않으면, 우리는 늘 그것 때문에 안달복달할 테고 또 그게 당신이나 나한테 많은 불행을 가져다줄 거야."

그녀가 잠시 말을 끊었다. 이번에 그는 그냥 잠자코 있었다. 육 피트 정도 거리를 두고 있는 그는 이제 실루엣밖에 보이지 않았고 미동조차 없었다. 그녀는 두려움이 엄습했지만 그래도 하던 말을 계속했다.

"아무래도 나 정신분석을 받아야 할까봐. 어쩌면 내게 정말로 필요한 건 어머니를 죽이고 아버지와 결혼하는 것일지도 모르지."

그녀가 자신의 메시지를 순화시키거나 자기 말이 좀 덜 비현실적으로 들리게 할 양으로 일찌감치 생각해두었던 이 대담무쌍한 작은 농담에도 에드워드는 전혀 반응하지 않았다. 그는 바닷가를 등지고 선 판독 불가능한 이차원의 형체였고 전혀 꼼짝도 하지 않았다. 그녀는 흘러내려온 상상의 머리카락을 쓸어올리기 위해 이마에 손을 올렸다. 불확실하고 떨리는 손동작이었다. 그녀는 또박또박 이야기했지만 초조함에 말이 빨라지기 시작했다. 얇아져가는 빙판 위에서 스케이트를 지치는 사람처럼 그녀는 익사하지 않기 위해 전속력을 냈다. 그녀는 맹렬한 기세로 문장들을 쏟아냈다. 오로지 속도만이 의미를 생성한다는 듯이, 덩달아 그도 함께 모순들을 그냥 지나치도록 몰아붙일 수 있고, 또 자신의 의도대로 그를 아주 빠르게 휘둘러 그가 전혀 이의를 제기하지 못하도록 할 수 있다는 듯이. 말은 빨랐어도 발음이 흐려지진 않았기 때문에, 사실 그녀는 절망하기 일보직전이었지만, 안타깝게도 그녀의 말은 기운차게 들렸다.

"나는 이 문제에 대해 신중하게 생각해봤고, 또 생각처럼 그렇게 터무니없는 얘기는 아니야. 내 말은, 처음엔 그렇게 들릴지도 모른다는 거야. 우리는 서로 사랑하고 있어. 이건 기정사실이야. 우리 둘 다 의심하지 않는 사실이지. 우린 우리가 서로를 얼마나 행복하게 하는지 이미 알고 있어. 이제 우린 자유롭게 우리 자신만의 선택을 할 수 있고 우리 자신만의 삶을 만들어나갈 수 있어. 이젠 정말 우리에게 어떻게 살라고 말할 사람은 아무도 없어. 자유로운 주체들인 거지! 그리고 지금은 사람들이 살아나가는 방식도 각양각색이야. 허락받기 위해서 다른 누군가에게 물어볼 필요 없이 그들만의 규칙과 기준에 따라서 살 수 있어. 엄마가 동성애자 두 명을 아는데 그들은 마치 남편과 아내처럼 같은 아파트에 함께 살고 있대. 남자 둘이, 옥스퍼드의 보몬트 가에서. 그들은 둘 다 크라이스트처치에서 교편을 잡고 있는데 이 사실을 쉬쉬하고 있지. 그래서 아무도 그들을 귀찮게 하지 않아. 그리고 우리도 우리만의 규칙을 만들 수 있어. 내가 지금 이런 말을 할 수 있는 건 당신이 나를 사랑한다는 사실을 알고 있기 때문이야. 내 말은, 바로 이거야. 에드워드, 난 당신을 사랑해, 그리고 우리는 다른 사람들처럼 살지 않아도 돼, 그러니까 무슨 말이냐면, 그 누구도, 아무도…… 아무도 우리가 뭘 했고 뭘 하지 않았는지 모를 거야. 우리는 함께 있고, 함께 살 수 있을 테고, 그리고 당신이 원한다면, 정말로 원한다면, 그러니까 다시 말하면, 그런 일이 일어날 때마다, 당연히 그런 일이 있겠지, 난 이해할 거야, 아니 그 이상으로, 그걸 원할 거야, 내가 그러는 건 당신이 행복하고 자유롭게 되길 바라기 때문이야. 당신이 나를 사랑한다는 걸 아는 한 절대로 질투하지 않을 거야. 나는 당신을 사랑하고 음악을 연주할 거야. 내가 인생을 살면서 하고 싶은 건 이것뿐이야. 솔직하게 말할게. 난 단지 당신 곁에 있으면서, 당신을 돌보고, 당신과 함께 행복해하고, 사중주단과 일하고, 언젠가 위그모어 홀에서 모차르트처럼 아름다운 곡을, 그런 곡을 당신을 위해 연주하고 싶을 뿐이야."

그녀는 갑자기 말을 멈췄다. 자신의 음악적 포부에 대해서 말할 뜻은 없었던 그녀는 그래서 실수했다고 생각했다.

그는 잇새로 소리를 내고 있었다. 탄식보다는 치찰음이 더 많이 섞인 소리였다. 그리고 말문을 열었을 때 그의 목소리에선 쇳소리가 났다. 그의 분노는 너무도 격렬해 마치 승리의 외침처럼 들렸다.

"세상에! 플로렌스. 내가 똑바로 알아들은 거야? 당신은 내가 다른 여자들이랑 자길 원한다! 그런 거야?"

그녀는 조용히 말했다.

"당신이 싫다면 아니고."

"그러니까 지금 당신 말은 내가 당신 말고도 좋아하는 사람이면 아무하고나 그 짓을 할 수 있다는 얘기군."

그녀는 대답하지 않았다.

"우리가 오늘 결혼한 사람들이란 걸 정말 잊은 거야? 우리는 보몬트 가에서 비밀스러운 삶을 살고 있는 늙은 호모들이 아니야. 우리는 남편과 아내라고!"

나지막이 깔린 구름들이 다시 걷혔다. 달빛이 직접 비추진 않았지만 구름 상층부에 퍼진 어렴풋한 빛이 쓰러진 거대한 나무 옆에 서 있는 커플을 품에 안으려는 듯 해변을 따라 움직였다. 악에 받친 그는 몸을 굽혀 큼지막하고 매끈매끈한 돌을 하나 줍더니 그 돌로 탁탁 소리를 내며 오른쪽 손바닥을 치고 또다시 왼손 바닥을 쳤다.

이제 그는 거의 악을 쓰고 있었다.

"내 몸으로 나 그대를 섬기겠습니다! 당신이 오늘 약속한 말이야. 당신의 생각이 얼마나 역겹고 웃기는 건지 모르겠어? 그리고 얼마나 끔찍한 모욕인지. 나를 모욕했어! 내 말은, 내 말은,"

그는 애타게 적당한 표현을 찾았다. "어떻게 감히 당신이!"

그는 돌을 쥔 손을 쳐들고 그녀에게 한 발짝 다가섰다. 그러고는 제자리에서 한 바퀴 빙 돌더니 좌절감에 휩싸여서 바다를 향해 돌을 던졌다. 그 돌이 바닷가 가장자리에 아주 약간 못 미쳐서 떨어지기도 전에, 그는 그녀에게 다시 얼굴을 들이밀었다.

"당신은 날 속였어. 정말이지, 당신은 사기꾼이야. 게다가 난 당신이 또 어떤 사람인지 잘 알고 있어. 당신 자신이 어떤 사람인지 알아? 당신은 석녀야, 바로 그거지. 완전히 불감증이야. 그런데 당신은 남편이 필요하다고 생각했고, 그런 당신을 졸졸 따라나선 그 첫번째 바보천치가 바로 나였던 거야."

그녀는 자신이 처음부터 그를 속이려고 했던 게 아님을 알고 있었지만, 그밖에 모든 것은, 그가 그것을 말하자마자, 다 진실 같아 보였다. 불감증이라는 이 끔찍한 말. 그녀는 이 말이 어떻게 자신에게 해당되는지 깨달았다. 그녀는 그 말의 의미 그대로였다. 그녀의 제안은 역겨운 것이었고—어떻게 이런 사실을 미처 모를 수 있었단 말인가?—분명히 모욕이었다. 그리고 최악은, 교회에서, 사람들 앞에서 한 약속을 그녀가 깼다는 것이었다. 그가 그녀에게 말해주자마자, 모든 게 완벽하게 맞아들어갔다. 그뿐만이 아니라 그녀 자신의 눈에도, 그녀는 몹쓸 사람이었다.

그녀는 이제 더이상 할 말이 없었고, 그래서 바닷물에 씻긴 나무의 엄호로부터 떨어져나왔다. 호텔로 돌아가려면 그를 지나쳐야만 했다. 그렇게 다가가던 그녀는 그 앞에 정면으로 멈춰 서서 속삭임보다는 조금 더 큰 소리로 말했다.

"미안해, 에드워드. 진실로 미안해."

그녀는 잠깐 멈칫했다. 그곳에서 떠나지 못하고 그의 대답을 기다렸다. 그러다가 그녀는 곧 가야 할 길을 갔다.

그녀의 마지막 말, 특히 그 예스러운 구문構文은 앞으로도 오랫동안 그의 머릿속을 떠나지 않을 것이다. 그는 한밤중에 자다가 깨어나 그 말이나 그것의 메아리 같은 것을, 그 간절하고 회한이 어린 어조를 듣게 될 것이다. 그리고 그때 그 순간과 자신의 침묵을, 화가 나서 그녀에게서 등을 돌리던 자신의 모습을, 자기가 어떻게 한 시간 동안 더 해변에 머물면서 자신은 지극히 건전하고 비극적으로 옳다는 구역질나는 자의식에 북받쳐 그녀가 자신에게 가했던 상처와 잘못과 모욕의 감미로운 맛을 음미했던가를 떠올리며 신음하게 될 것이다. 그는 지긋지긋한 자갈밭을 오르락내리락 하면서 바다에 돌을 던지고 욕지거리를 퍼부어댔다. 그러다 아까 그 나무 옆에 주저앉아 다시 분노를 불사를 수 있을 때까지 자기연민의 백일몽에 빠져 있었다. 그는 그녀를 생각하며 바닷가 가장자리에 서 있었고 생각에 골몰한 탓에 구두가 파도에 씻기건 말건 그냥 내버려두었다. 그러다 드디어 해변을 따라서 터덜터덜 천천히 발걸음을 돌렸다. 그리고 이따금씩 멈춰 서서 자신의 처지를 완벽하게 이해하고 있는 준엄하고 공평무사한 판관을 마음속에 불러냈다. 그는 자신의 불행 속에서 어떤 고귀함마저 느끼고 있었다.

그가 호텔에 도착했을 때 그녀는 여행가방을 싸서 가버린 뒤였다. 그녀는 방에 아무런 메모도 남기지 않았다. 프런트에서 그는 손수레에 저녁식사를 내왔던 두 소년에게 말을 걸었다. 그들은 비록 말은 하지 않았지만, 집 안에 변고가 있어서 아내가 긴급하게 호출당했다는 것을 그가 모른다는 사실에 분명 놀라워하고 있었다. 친절하게도 부副매니저가 그녀를 도체스터까지 태워다줬다고 했다. 그녀는 도체스터에서 마지막 기차를 타고 늦은 밤에 옥스퍼드에 도착했으면 하더라고 했다. 위층에 있는 허니문 룸으로 올라가려고 몸을 돌렸을 때, 사실 에드워드는 어린 웨이터들이 교환하는 의미심장한 시선을 직접 보지는 못했다. 하지만 안 봐도 눈에 선했다.

그는 사주 침대에 누워 남은 밤을 뜬눈으로 지새웠다. 옷을 다 입은 채였고 여전히 분노에 가득 차 있었다. 끝없는 순환의 무아지경 속에서 상념들이 서로 꼬리에 꼬리를 물며 난무했다. 그와 결혼하고, 그러고 나서 그를 거부하다니, 기괴한 짓이야, 그녀는 내가 다른 여자와 자길 원한다고 했어, 아마 그 장면을 지켜보고 싶을 거야, 이건 수치야, 믿을 수 없는 일이야, 아무도 믿지 않을 거야, 나를 사랑한다고 말했지, 하지만 그녀의 젖가슴조차 본 적이 없는걸, 나를 속여서 결혼을 했어, 그런데 키스하는 법조차 몰라, 나를 우롱하고 기만했어, 아무도 모를 거야, 나만의 수치스러운 비밀로 남게 되겠지, 그녀가 나와 결혼하고 그러고 나서 나를 거부했다는 비밀, 기괴해……

그는 동이 트기 직전에 일어나 거실로 갔다. 그러곤 의자 뒤에 서서 접시에 남은 고기와 감자에서 응고된 국물을 긁어내어 그것들을 먹었다. 그후엔, 그녀의 접시까지 비웠다. 누구 접시든 상관하지 않았다. 그러고 나서 박하사탕을 모조리 먹어치웠고 치즈까지 해치웠다. 그는 새벽 동이 틀 때 호텔에서 나와 바이얼릿 폰팅의 작은 차를 몰고 옥스퍼드로 향하는 텅 빈 간선도로에 들어설 때까지 수 마일가량 산울타리가 높게 쳐진 좁은 길을 달렸다. 채 마르지 않은 똥냄새와 베어놓은 풀냄새가 열린 창문을 통해 흘러들어왔다.

그는 키를 꽂아둔 채 폰팅 씨네 집 바깥에 차를 세워뒀다. 플로렌스의 창문엔 눈길도 안 주고 이른 기차를 타러 옷가방을 들고 서둘러 마을을 빠져나갔다. 그는 지쳐서 멍한 상태로 그녀가 한 해 전에 선택했던 길을 피하려고 신경 써가며 헨리에서 터빌 히스까지 먼 길을 걸었다. 왜 그녀의 발자취를 따라가야 한단 말인가? 일단 집에 도착하자, 그는 아버지한테 자신의 상황을 설명하지 않겠다고 선언했다. 어머니는 그가 결혼한 걸 잊은 지 오래였다. 쌍둥이들은 질문공세와 영리한 추측으로 끊임없이 그를 성가시게 했다. 그래서 그는 해리엇과 앤을 정원 한 구석으로 데려가 각자 엄숙하게 가슴에 손을 얹고 다시는 플로렌스의 이름을 입밖에 내지 않겠다고 맹세하도록 했다.

일주일 후에 그는 아버지로부터 폰팅 부인이 결혼선물 반송작업을 잘 매듭지어 전부 되돌려줬다는 얘기를 들었다. 라이어넬과 바이얼릿은 초야를 치르지 않았다는 구실로 자기들끼리 조용히 이혼절차에 시동을 걸고 있었다. 에드워드는 아버지의 닦달로 제프리 폰팅, 즉 '폰팅 전자'의 사장에게 정중한 편지를 썼다. "마음이 바뀐 것"에 대한 유감을 표명했고, 플로렌스에 대한 언급 없이, 사과의 말과 사직의사, 짤막한 작별인사를 덧붙였다.

일 년쯤 뒤, 분노는 사그라들었다. 하지만 그는 여전히 자존심 때문에 그녀를 찾아가지도 편지를 쓰지도 못했다. 플로렌스가 다른 누군가와 함께 있을까봐 두려웠고, 그녀에게서 아무 소식이 없자 그렇다는 확신이 들었다. 그 유명했던 십 년이 끝을 향해 치달을 때쯤, 그의 삶이 혼돈을 방불케 하는 수많은 연애뿐 아니라—그는 마침내 충분한 자격을 갖추게 되었다—그 모든 새로운 흥분과 자유와 유행의 압박을 받던 시절에, 이따금 그는 그녀의 이상한 제안에 대해 생각했다. 이젠 그게 그렇게 터무니없어 보이지 않았을뿐더러 확실히 역겹지도 모욕적이지도 않았다. 새로운 시대상황 속에서 그것은 해방된 생각처럼 보였고, 그는 거의 이해하지 못했던, 시대를 훨씬 앞선 순수하고 관대한 자기희생적인 행위처럼 보였다. 그의 친구들이라면 이봐, 멋진 제안인걸! 하고 말했을 터였다. 비록 그날 밤에 대해 아무에게도 말하지 않았지만.

1960년대 말 무렵, 그는 런던에 살고 있었다. 누가 이런 변화들을 예측할 수 있었을까? 죄의식에서 해방된 성적 욕망의 급격한 비약과 그토록 많은 아름다운 여자들의 솔직담백한 자발성을. 에드워드는 이 짧은 세월을 정처 없이 배회했다. 마치 질질 끌던 형벌에서 잠시 풀려나 어리둥절한 채 자신의 행운에 반신반의하면서 행복해하는 아이처럼. 비록 자신의 미래에 대해 굳은 결심을 한 적도 딱히 없었으나 짧은 역사서 시리즈와 진지한 학업에 대한 모든 생각들은 뒷전이었다. 현재에 안주하며 살기 위해 그도 불운한 로버트 캐리 경처럼 그저 역사에서 떨어져나갔다.

그는 여러 가지 록 페스티벌 운영에 관여했고, 한 건강식품 매장이 햄스테드에서 개업하는 걸 거들었고, 캠든 타운 운하에서 그리 멀지 않은 레코드 가게에서 일했고, 작은 잡지에 록 리뷰를 기고했고, 난잡하고 중복되는 연애를 잇달아 했고, 나중에 삼 년 반 동안 자신의 아내가 되었던 한 여자와 프랑스를 여행하다가 그녀와 파리에서 살았다. 그리고 끝내는 레코드 가게의 공동 소유주가 되었다. 그의 삶은 너무 분주해서 신문을 읽을 시간도 없었다. 게다가 한동안은 이른바 "공정한" 언론이란 것도 신뢰할 수 없다, 그것이 정부 또는 군사적, 재정적 이해관계에 의해 통제받고 있다는 건 누구나 아는 사실이다, 라는 게 그의 입장이었다. 훗날 에드워드는 이 견해를 철회했다.

설령 그가 이 시절에 신문을 읽었더라도 예술지면을 펴서 길고 사색적인 연주회 리뷰를 읽었을 리는 만무했을 것이다. 클래식 음악에 대한 그의 줏대 없는 관심은 완전히 식어버렸고 그 대신 그는 로큰롤에 열광했다. 그래서 1968년 칠월 에니스머 사중주단이 위그모어 홀에서 성공적인 데뷔 무대를 가졌다는 소식도 전혀 듣지 못했다. 〈타임스〉의 평론가는 "현 음악계에 수혈된 신선한 활력과 젊은 열정"의 도래를 반겼다. 이 평론가는 "통찰력, 사색적 강렬함, 가슴을 파고드는 예리한 연주"를 극찬하면서 이는 "아직 이십대인 연주자들의 놀라운 음악적 성숙을 시사하는 것이며, 사중주단은 모차르트의 후기 스타일을 특징짓는, 조화

롭고 역동적인 효과와 풍부한 대위법의 화려한 위용을 여유 있게 소화해냈고, 모차르트의 D장조 현악오중주가 이토록 섬세하게 재현된 적은 한 번도 없었다"고 평했다. 평론가는 리뷰 끝부분에 사중주단의 리더인 제1바이올린 주자를 부각시켰다. "그때 아름다움의 극치와 영혼의 힘을 발산하는, 감각을 마비시키는 듯한 아다지오가 연주됐다. 폰팅 양은 쾌활하고 온화한 음색, 서정적이고 섬세한 구절법을 선보였는데, 이렇게 표현해도 좋다면, 그녀는 비단 모차르트나 음악뿐만이 아니라 마치 삶 자체와 사랑에 빠진 여인 같았다."

그리고 설령 에드워드가 이 리뷰를 읽었다 해도, 객석에 불이 켜지고 빛 때문에 눈이 부셨던 젊은 연주자들이 열광적인 박수갈채에 화답하기 위해 일어섰을 때, 제1바이올린 주자가 저절로 세번째 줄 중앙의 9C 좌석으로 향하는 그녀의 시선을 어찌할 수 없었다는 사실을 그는 알 수 없었을 것이다. 알 수 없었으리라, 플로렌스 외에는, 아무도.

후에, 에드워드는 그녀를 떠올리고 그녀를 마음속에 불러낼 때마다, 혹은 그녀에게 편지를 쓴다거나 길거리에서 우연히 마주치는 상상을 할 때마다, 자신이 어떻게 살고 있는지 설명하는 데는 단 일 분도, 반 페이지도 걸리지 않을 것 같다는 생각이 들었다. 도대체 그는 어떻게 살아왔던 것일까? 반쯤 잠든 상태에서, 주위에 대한 관심도 야망도 진지함도 아이도 없이 그는 그저 안일하게 나날들을 보냈다. 그나마 성취한 게 있다면 대부분 물질적인 것이었다. 캠든 타운과 오베르뉴에 각각 아담한 아파트와 방 두 칸짜리 별장이 있었고, 서서히 인터넷 쇼핑에 의해 잠식당하고 있는 위태위태한 사업인, 재즈와 로큰롤을 전문적으로 다루는 레코드 가게들을 소유하고 있었다. 그의 추측으론 그는 친구들 사이에서 꽤 괜찮은 친구로 통하고 있었다. 그리고 좋은 시절도 있었다. 특히 초기엔 제멋대로 무절제하게 살았다. 그는 다섯 아이의 대부였다. 비록 그 아이들이 십대 후반이나 이십대 초반이 되고 나서야 대부 노릇을 하기 시작했지만.

1976년에 에드워드의 어머니가 세상을 떠났다. 사 년 후에 그는 아버지를 돌보기 위해 시골집으로 돌아왔다. 파킨슨병을 앓고 있던 아버지는 병세가 급격히 악화되고 있었다. 해리엇과 앤은 결혼해서 아이들이 있었고 둘 다 외국에서 살았다. 마흔 살의 에드워드는 한 번의 결혼 실패 경력이 있었다. 그는 일주일에 세 번 런던으로 가서 레코드 가게 일을 돌봤다. 그의 아버지는 1983년에 집에서 돌아가셨고 피실 교회 묘지에 아내와 나란히 묻혔다. 에드워드는 거주인 신분으로 시골집에 남았다. 이제 집의 법적 소유주는 여동생들이었다. 처음에 시골집을 캠든 타운에서 도망쳐오는 도피처로 사용했던 그는 1990년대 초에 이사를 와서 거기서 혼자 살았다. 터빌 히스, 아니 그의 은신처는 외견상 어릴 때 그가 자란 풍경과 별반 달라지지 않았다. 농사꾼이나 수공업자 대신, 지금의 이웃은 시내로 통근하는 사람들과 별장 소유주들이었지만 모두 나름대로 친절했다. 그리고 에드워드는 결코 자신을 불행한 사람이라고 말하지 않았을 것이다. 런던 친구들 중엔 그가 좋아하는 여자도 있었고, 오십 줄에 접어든 지도 꽤 되었을 때, 터빌 파크 크리켓 팀에서 뛰었으며, 헨리 지역의 역사 모임에서도 활동했고, 고대 웰름의 물냉이 서식지 복원작업에도 참여했다. 그리고 한 달에 두 번, 하이 위콤비 지역의 뇌손상을 당한 어린이들을 돌보는 한 위탁시설에서 봉사했다.

서서히 벗어지기 시작하는 백발에 핑크빛 혈색 좋은 얼굴을 한, 덩치 크고 통통한 육십대 노인이 되어서도 그는 긴 산책을 게을리하지 않았다. 특히 라임나무 가로수 길을 매일 산책했다. 그리고 날씨가 좋으면 길을 에둘러서 메이든스그로브 초원에 핀 야생화나 빅스 바텀의 자연보호 구역에 있는 나비를 보러 갔고, 돌아오는 길엔 너도밤나무 숲을 통과해 피실 교회까지 갔다. 그는 자신도 언젠가 거기에 묻히리라 생각했다. 또 이따금 너도밤나무 숲 깊숙이 길이 여러 갈래로 갈라지는 곳으로 가서, 하릴없이 여기가 바로 그 팔월의 아침에 그녀가 지도를 보려고 멈춰 섰던 곳이리라 생각하다가 바로 코앞에서, 하지만 사십 년이라는 세월 저편에서 그를 찾느라 여념이 없는 그녀의 모습을 생생하게 떠올렸다. 아니면 스토너 밸리가 굽어보이는 곳에 잠시 멈춰서서, 그녀가 오렌지를 함께 먹으려고 멈췄던 곳이 여기가 아닐까 생각했다. 마침내 그는 자신이 그토록 사랑한 사람은 아무도 없었고, 남자든 여자든 그녀의 진정성에 필적할 사람은 단 한 사람도 만나보지 못했다고 스스로 인정했다. 그녀 곁에 머물렀더라면, 그는 자신의 삶에 좀더 집중하며 의욕적으로 살았을지도 모르고 또 젊은 시절 꿈꿨던 그 역사책 시리즈를 집필했을지도 모르는 일이었다. 클래식 음악은 전혀 그의 취향이 아니었지만, 그는 에니스머 사중주단이 저명하며 여전히 클래식 음악계의 존경받는 스타라는 사실은 알고 있었다. 그는 연주회에도 가지 않았고, 베토벤이나 슈베르트 박스 세트를 사지도, 아니 눈길조차 주지 않았다. 그녀의 사진을 보고 싶지도, 사진에서 세월의 흔적을 발견하고 싶지도, 그녀의 삶에 대한 이런저런 자세한 소식들을 듣고 싶지도 않았다. 그는 자신의 기억 속에 있는 그녀의 모습 그대로를 간직하고 싶었다. 단춧구멍에 꽂은 민들레, 벨벳 머리끈, 어깨에 둘러멘 캔버스 가방, 시원시원하고 꾸밈없는 미소를 머금고 있는 골격이 튼튼한 아름다운 얼굴을.

그녀를 생각할 때마다 그는 바이올린을 켜는 그 여자를 자신이 그렇게 떠나보냈다는 사실이 놀라울 따름이었다. 물론 이제 그는 그녀의 자기희생적인 제안이 그다지 중요하지 않다는 사실을 알았다. 그녀에게 필요했던 건 그의 확실한 사랑과, 앞으로 살아갈 날이 더 많으니 서두를 필요가 전혀 없다는 그의 다독거림뿐이었다. 사랑과 인내가, 그가 이 두 가지를 동시에 가지고 있기만 했어도, 두 사람 모두를 마지막까지 도왔을 것이다. 그랬더라면 그들의 아이들이 태어나서 삶의 기회를 가졌을 것이고, 머리띠를 한 어린 소녀가 그의 사랑스러운 친구가 되었을까. 한 사람의 인생 전체가 그렇게 바뀔 수도 있는 것이다. 아무것도 하지 않음으로써 말이다. 체실 비치에서 그는 큰 소리로 플로렌스를 부를 수도 있었고, 그녀의 뒤를 따라갈 수도 있었다. 그는 몰랐다. 아니, 알려고도 하지 않았을 것이다. 그녀가 이제 그를 잃을 거라는 확신에 고통스러워하면서 그에게서 도망쳤을 때, 그때보다 더 그를 사랑한 적도, 아니 더 절망적으로 사랑한 적도 결코 없었다는 것을. 그리고 그의 목소리가 그녀에게는 구원의 음성이었을 것이고, 그 소리에 그녀는 뒤를 돌아보았을 거라는 사실을. 대신, 그는 냉정하고 고결한 침묵으로 일관하며 여름의 어스름 속에 선 채, 그녀가 허둥지둥 해변을 떠나가는 모습을 지켜보았다. 힘겹게 자갈밭을 헤쳐나가는 그녀의 발걸음 소리가 작은 파도들이 부서지는 소리에 묻히고, 그녀의 모습이 창백한 여명 속에서 빛나는 쭉 뻗은 광활한 자갈밭 길의 흐릿한 한 점으로 사라져갈 때까지.

지은이 **이언 매큐언**
1948년 영국 서리 지방 알더샷에서 태어났다. 1970년 서식스 대학교 영문학부를 졸업한 후 이스트앵글리아 대학교에서 문학 석사 학위를 받았다. 1975년 소설집 『첫사랑, 마지막 의식』으로 데뷔했고, 이 책으로 서머싯 몸 상을 수상했다. 1998년 『암스테르담』으로 부커상을, 이어 세계적인 베스트셀러 『속죄』로 LA 타임스 도서상, 전미비평가협회상 등을 수상했다. 그 밖의 작품으로 『넛셸』 『시멘트 가든』 『이노센트』 『토요일』 『솔라』 『칠드런 액트』 『머신스 라이크 미』 『스위트 투스』 『바퀴벌레』 등이 있다.

옮긴이 **우달임**
경희대학교 영문과를 졸업하고, 『사랑의 기초_한 남자』 『빵과 장미』 『사라예보의 첼리스트』 『아주 작은 시작이란 없다』 등을 우리말로 옮겼다.

문학동네 세계문학
체실 비치에서

1판 1쇄 2008년 3월 25일 | 1판 13쇄 2022년 3월 24일

지은이 이언 매큐언 | 옮긴이 우달임
책임편집 박여영 | 디자인 박진범 이원경 | 저작권 박지영 형소진 이영은 김하림
마케팅 정민호 이숙재 박보람 한민아 김혜연 이가을 안남영 김수현 정경주 이소정
브랜딩 함유지 함근아 김희숙 정승민
제작 강신은 김동욱 임현식 | 제작처 영신사(인쇄) 경일제책사(제본)

펴낸곳 (주)문학동네 | 펴낸이 김소영
출판등록 1993년 10월 22일 제2003-000045호
주소 10881 경기도 파주시 회동길 210
전자우편 editor@munhak.com | 대표전화 031) 955-8888 | 팩스 031) 955-8855
문의전화 031) 955-8895(마케팅) 031) 955-2685(편집)
문학동네카페 http://cafe.naver.com/mhdn | 트위터 @munhakdongne
북클럽문학동네 http://bookclubmunhak.com

ISBN 978-89-546-0522-9 03840

잘못된 책은 구입하신 서점에서 교환해드립니다.
기타 교환 문의 031) 955-2661, 3580

www.munhak.com